가장 행복한 곳으로

가장 행복한 곳으로

정빛그림 소설집

우디앤마마

차례

— 7
아무도
모르는 일
—
그림 작가 양도혁

— 51
늑대를
그리다
—
그림 작가 이지우

— 87
귀주의
작은 역사
—
그림 작가 이수진

— 123
작가
에세이
—
그림 작가 규옥

첫 번째 ───

아무도
모르는 일

방문 앞에 상자가 놓여 있었다. 신발 상자보다 약간 큰 상자에는 택배 회사의 송장 대신 '김보영'이라는 이름 석 자만 덩그러니 적혀 있었다. 발신인이 없음에도 나는 자연스럽게 수화 샘을 떠올렸다. 이런 식으로 택배를 놓고 갈 사람은 수화 샘밖에 없었다. 멍한 표정을 한 수화 샘의 얼굴이 아련하게 떠오르다가 이내 사라졌다. 수화 샘과 마지막으로 통화를 한 게 언제였더라.

상자는 묵직했다. 섬뜩한 직감이 드는 상자를 방으로 가져가고 싶지 않았다. 이런 상상이 과하다는 걸 알면서도 그 안에 토막 난 시체나 유기된 신생아가 있을지도 모른다는 기괴한 생각을 떨칠 수 없었다. 며칠 전에 본 기사 때문일까. 분리배출장에 버려진 사산아에 관한 기사를 처음 읽은 건 우연이었지만, 그와 관련된 기사를 전부 찾아 읽은 건 내 선택이었다. 나는 그 사건이 나와 무관하지 않다고 느꼈다. 도대체 누가 그런 사건과 무관할 수 있을까. 기사의 말미에는 태아는 사체가 아니기 때문에 버린 사람이 처벌받지 않는다고 적혀 있었다. 기사에 의하면 사체 유기는 진짜 시체나 유골을 유기할 때 성립하는 죄이고, 사산아는 사체에 해당하지 않으니 태아를 버린 일은 법으로 처벌할 수 없다는 것이었다. 법이 그렇다는데도 한동안 기분이 께름칙했다. 그 이유가 루시 때문일지도 모른다는 생각을 내 이름이 적힌 상자를 받고서야 하게 되었다.

상자를 방으로 들이기 싫다고 해서 딱히 둘 곳이 있는 것도 아니었다. 나는 마치 누굴 기다리는 사람처럼 고시텔의 현관 앞을 기웃거렸다. 저녁이 되자 침침한 형광등 아래로 하루살이들이 모여들었다. 곧 방충등이 켜질 것이고, 딱딱 소리를 내며 벌레들이 죽을 것이다. 영문 모를 불쾌한 소리에 먹히듯이 맞이하는 죽음의 순간. 고시텔에서는 그런 순간조차 보잘것없이 치워진다. 나는 죽음에서 도망치는 것처럼 서둘러 발길을 돌렸다. 같은 건물에 사는 사람 중에 인사를 나누는 사람이 한 명도 없다는 사실이 유감이었다.

수화 샘은 내가 사는 고시텔의 비루한 부엌을 부러워한 유일한 사람이었다. 조리 도구가 변변치 않은데도 오이김치나 가지볶음 같은 요리를 뚝딱뚝딱 만들고, 밥을 먹은 뒤에는 과일이나 아이스크림 같은 후식을 꼭 챙겨 먹었다. 수화 샘과 함께 있는 동안에는 공용 주방이 따스하게 느껴지기도 했다. 마지막 통화를 한 뒤로는 발길을 완전히 끊어버렸지만.

저녁 시간이 다 되어가는데도 주방은 텅 비어 있었다. 누군가 방금 사용한 것처럼 보이는 칼 한 자루만 조리대에 얌전하게 놓여 있을 뿐이었다. 칼에 묻은 불그스름한 과즙의 흔적이 붉은 꽃처럼 보인 것은 기분 탓이었으리라. 나는 씻지 않은 칼을 그대로 상자에 가져다 댔다. 쉽게 찢길 줄 알았던 테이프가 생각보다 두꺼워서 칼이 잘 들어가지 않았다. 나도 모르게 손에 힘이 실렸다. 그 순간 칼이 제멋대로 비켜가면서 왼손의 집게 손가락 윗부분을 스쳤다. 아프지는 않았는데 칼이 스친 부분에 선홍색 피가 맺혔다.

"무딘 칼이 손을 다치게 하는 건데."

어디선가 수화 샘의 목소리가 들리는 듯했다. 왈칵 눈물이 날 것 같았는데, 눈물은 한 방울도 나지 않고 오히려 마음이 차분해졌다. 에어컨이 꺼져 있는데도 실내가 서늘했다. 여름이 지난 것이다.

*

와이즈 교육 선생들은 수화 샘의 수려한 외모를 두고 이런저런 말을 많이 했다. 사실 수화 샘은 외모만 빼면 나랑 비슷했는데 친해지고 보니 더 그랬다. 나처럼 고시원에 살았고 맥주를 마셨고 가족이 없었다. 우리는 둘 다 사기를 당한 경험이 있었고 친구한테 배신을 당한 뼈아픈 기억도 있었다. 주부 교사가 대부분인 와이즈 교육에서 드물게 20대에 미혼이라는 점도 같았다. 다른 게 있다면 수화 샘이 임신을 했다는 것 정도였다. 임신이라니. 나라면 임신은 절대 하지 않았을 텐데. 확실히 그랬다. 고시텔에 살아서가 아니라 무서워서. 정확히 어떤 점이 무서운지 몰라도 나는 종종 임신이 무섭다는 생각을 했고, 어떤 경우든 그 경험이 좋지 않을 거라는 믿음이 있었다. 출

산의 고통을 상상해서 무서운 건지, 출산 후에 맞닥뜨릴 상황이 두려운 건지 막연하긴 마찬가지였다.

    수화 샘은 나보다 두 살 많은 스물여섯이었다. 평소에는 말이 별로 없지만, 할 얘기가 있을 땐 부드러운 목소리로 유려하게 했고 사무실 선생들이 지나치게 사적인 걸 물어도 정색하며 표정을 바꾸는 나와 달리 온화하게 웃었다. 얼굴은 누가 봐도 예쁘다고 했을 것이다. 피부도 하얗고 눈도 크고 치아도 고르고. 그냥 전형적인 예쁨이었는데 무던한 성격 때문인지 가끔 비현실적으로 아름다워 보일 때가 있었다. 와이즈 교육 선생들도 그렇게 생각하는 것 같았다. "몇 살이래?", "뭐 하다 왔대?" 첫날부터 엄청난 관심을 보였고 잘 알지도 못하면서 칭찬하는 말들을 주고받았다. 그것도 결국 한때였지만.

    와이즈 교육에서 중요한 것은 누가, 얼마나 많은 회원을 거느렸느냐 하는 것이었기 때문에 지정 회원만 겨우 유지하는 수화 샘은 시간이 지나면서 관심 밖으로 밀려났다. 그런 그녀가 다시 주목받게 된 것은 임신 때문이었다. 지국장의 생일날, 찬물을 끼얹듯 임신 사실을 알려 분위기를 애매하게 만든 수화 샘을 처음엔 이해하지 못했다. 나 같으면 다른 핑계를 대고 조용히 일을 그만두었을 텐데.

그날 아홉 명의 선생들은 만 원씩 돈을 걷어 지국장에게 줄 케이크와 선물을 준비했다. 배 선생이 주문한 냄비 세트가 배송 지연으로 제날짜에 도착하지 않아서 막내인 내가 조그만 선물을 다시 사 와야 했다. 나는 회사 앞 꽃집에서 잎이 두툼하고 반질반질한 이름 모를 화초를 샀다. 은빛 리본이 묶인 갈색 화분을 사 오자 선생들은 돈 주고 그런 걸 샀냐며 못마땅해했다.

"덩치에 맞는 것도 샀다."

배 선생이 농담이랍시고 던진 말에 기분이 몹시 상했다. 올여름에는 기어코 살을 빼겠다며 고가의 다이어트 식품을 할부로 주문하고 후회하고 있던 터라 더 그랬다. 어쨌거나 내 눈엔 화분이 냄비보다 나아 보였.

선생들은 케이크에 초를 꽂고 불을 붙인 뒤에 생일 축하 노래를 불렀다. 지국장은 (내심 기대하고 있었으면서) 생각지도 못했다며 기뻐했고 아침에 했던 연설을 다시 시작했다. 와이즈 교육을 '가열식 가습기'에 비유하는 연설이었다. (왜 하필 가습기인지는 아무도 몰랐다.) 전기로 물을 끓여서 수증기를 내보내는, 자동으로 살균이 되고 가습이 되는 고급형 가습기. 와이즈 교육은 가열식 가습기가 되어야 한다, 그러기 위해서는 선생들의 에너지가 절대적으로 필요하다, 에너지는 자신에게서 나온다, 하루에 한 번씩 거울 속 나를 칭찬하라……. 세부 내용은 기분 따라 바뀌었지만, 결론은 하나였다. 신규 회원을 많이 끌어와야 한다는 것.

"회원 관리에 만전을 기합시다!"

지국장은 큰 소리로 구호를 외친 뒤 아홉 명의 선생들에게도 한마디씩 하길 권했다. '당신에게 와이즈 교육이란?', '국내 최초 어린이 과학 전문 자기 주도형 학습지를 뭐라고 홍보할 텐가.' 그런 것에 대한 의견을 물었다.

"이번 달 계약왕이 누구더라?"

지국장이 찾는 '4월의 계약왕'은 다름 아닌 나였는데, 나는 아무 말도 하고 싶지 않아서 슬그머니 사무실을 빠져나왔다. 진짜로 속이 울렁거리기도 했다. 아침에 먹은 다이어트약 때문에 두통이 있었고, 커피를 연거푸 마셨을 때처럼 심장이 빠르게 뛰었다. 나는 화장실에 가서 손을 박박 씻고 치약 얼룩이 여기저기 튄 지저분한 거울에 몸을 착 붙이고서 옆머리에 난 새치를 뽑았다. 요즘 부쩍 흰머리가 늘고 있었다. 두툼한 팔뚝 사이로 땀이 고이는 것도 모른 채 순식간에 일곱 가닥을 뽑았다. 머리카락을 배배 꼬아 쓰레기통에 던지면서 올여름엔 반드시 66 사이즈 옷을 입겠다고 마음먹었다.

내가 다시 사무실로 돌아갔을 땐 분위기가 확연히 달라져 있었다. 임신 애기가 어떻게 나오게 됐는지 모르지만, 생일 파티의 화기애애함은 사라지고 어색한 침묵이 내려앉아 눈치를 봐야 할 정도였다. 수화 샘은 지국장과 함께 학부모 상담실에 앉아 있었다.

"왜 저래요?"

나는 통유리로 된 상담실을 가리키며 물었다. 옆자리를 쓰는 배 선생은 엄청난 비밀을 누설하는 것처럼 한 손으로 입을 가린 채 소곤거렸다.

"임신했대."

"네?"

"우리 아무도 몰랐잖아. 결혼도 안 했다는데."

"누가요?"

"이수화 선생이 몇 살이지? 스물여섯이지? 일곱인가? 근데 저렇게 고집이네……."

"무슨 고집이요?"

"일을 계속하겠다고."

"그게 왜요?"

"뭐가 왜야?"

배 선생이 답답하다는 듯 되물었다.

"일하는 거랑 상관없잖아요."

"아, 일을 어떻게 해. 결혼도 안 한 선생이 임신해서 돌아다니면 회사 이미지가 퍽이나 좋겠다."

"풉, 이미지래."

내 말에 배 선생의 설교가 이어졌다.

"소문이 얼마나 무서운지 몰라? 결혼도 안 했는데 임신해서 돌아다니면 학부모들이 가만히 있을 것 같아? 자기는 아직 어려서 세상을 몰라. 애초에 조심성이 있었으면 이런 일도 없었겠지. 결국 누구 잘못이야? 누구 손해냐고. 여자는 늘 자기 몸을 살피고 보호해야 하는 거야. 아무리 세상이 바뀌었다고 해도 여자는……."

나는 샐쭉한 표정으로 수화 샘에게 눈길을 돌렸다. 하나로 묶은 긴 머리가 등 뒤에 얌전하게 내려앉은 옆모습이 보였다. 저만큼 머리를 기르려면 시간이 얼마나 걸릴까. 3년? 4년? 나는 한 번도 머리를 길러본 적이 없었다. 엄마는 항상 머리가 길었고, 내게도 머리를 기르라고 권했지만, 아침마다 샴푸를 두 번씩 하고 수건을 두 개씩 쓰고 드라이어로 요란하게 말린 뒤에도 여전히 젖어 있는 머리를 빗는 일은 누가 돈을 줘도 하기 싫었다. 허구한 날 수챗구멍을 틀어막는 긴 머리카락을 고무장갑 낀 손으로 잡아 뽑는 것도. 엄마는 성가신 일이 있으면 은근슬쩍 외면하는 사람이라서 그런 일은 무조건 내 몫이었고, 그게 집을 나온 유일한 이유는 아니지만 확실한 이유 중 하나이긴 했다.

점심시간이 끝나자 선생들이 하나둘 오후 수업을 나갔다. 수화 샘도 자리로 돌아와 앉았다. 민망했을 텐데도 자신의 몫으로 덜어놓은 케이크를 천천히 다 먹었다. 은박 접시에 담긴 케이크 조각을 나무젓가락으로 헤집어 연두색 포도 한 알과 함께 입으로 쏙 집어넣었다. 그 모습을 지켜보다가 나도 모르게 내 몫의 케이크를 들고 수화 샘 자리로 갔다.

"이것도 드실래요? 저는 다이어트 중이라서 먹으면 안 되거든요. 먹으면 후회해요."

내가 불쑥 케이크를 내밀자 수화 샘이 놀랍다는 표정으로 쳐다봤다. 표정은 그랬어도 내가 내민 접시를 받고 싱긋 웃으면서 "고마워요." 하고 인사를 건넸다.

"보영 씨는 오후 수업이 몇 시예요?"

수화 샘이 물었다.

"두 시요. 왜요?"

"점심 같이 먹으려고요."

수화 샘은 그렇게 말하고 곧 덧붙였다.

"다음에요. 보영 씨가 먹고 싶을 때."

나는 아무 대답도 하지 않았지만 다음 날 수화 샘과 밥을 먹었고, 우리는 그날 이후 급속도로 가까워졌다. 누군가와 그렇게 빠르게 친해진 건 다단계에 몸담고 있던 고등학교 친구 이후로 처음이었다.

수화 샘은 할 줄 아는 게 많았다. 회원 모집에만 서툴렀지 말도 잘했고 책도 많이 읽었고 기억력도 뛰어나 책에서 본 내용을 외워서 들려주기도 했다. 요리에도 소질이 있었는데, 그건 내게도 좋은 일이었다.

"고시원에 산다고 해서 요리하지 말란 법은 없잖아."

수화 샘은 통장에 만 원이 있으면 만 원을 다 쓰는 사람이었다. 특히 먹는 데 돈을 아끼는 법이 없어서 공용 주방에서도 월남쌈이나 밀푀유나베 같은 번잡스러운 요리를 해 먹었다. 같이 밥을 먹은 뒤부터 수화 샘은 내가 사는 고시텔로 자주 왔다. 요리를 할 수 있는 환경이 잘 갖추어져 있다는 이유였다. 공용 주방을 야무지게 사용하는 수화 샘의 손에서 별 볼 일 없던 냄비와 프라이팬은 제

역할을 톡톡히 해냈다. 그동안 여러 고시텔을 전전하며 살았지만 이렇게까지 다양한 재료를 준비해 자리를 차지하고 조리에 몰두하는 사람은 처음 보았다. 손쉽게 할 수 있는 달걀찜이나 된장찌개, 만둣국은 물론이고 어느 날에는 냉동 만두가 비싸다며 아예 만두를 빚기도 했다. 두부와 부추를 잔뜩 넣은 소를 만들고, 손바닥 위에서 동글동글하게 만두를 빚는 수화 샘을 보고 있으면 '언니'라는 단어가 떠올랐다. 나에게도 언니가 있었다면 이불 속에서 소곤대고 킥킥대다 잠드는 동화 같은 밤이 있었을까. 어떤 비밀을 털어놓아도 마음이 놓이는 행운을 누렸을까. 그건 어디까지나 내가 만들어낸 환상이라는 걸 알면서도 '자매'라는 단어에 자꾸만 의미를 부여하고, 마치 진짜 언니가 생긴 것처럼 착각하곤 했다.

"배고플 때 꺼내서 쪄 먹어. 두부랑 채소만 넣었으니까 살도 안 찔 거야."

수화 샘은 만두를 넉넉하게 만들어 지퍼 백에 다섯 개씩 담아 냉동실에 얼려놓았다.

그날 이후 나에게는 새로운 습관이 생겼다. 누가 만두를 훔쳐가지 않는지 확인하느라 냉장고 문을 열었다 닫았다 하는 습관. 나를 위한 음식이 저 안에 있다는 생각만으로도 든든해지는 새로운 경험이었다.

5월인데도 이상하게 기온이 높았다. 낮에는 한여름처럼 무더워서 조금만 움직여도 쉽게 지쳤다. 수화 샘과 나는 마트에서 참외를 샀다. 내가 마트에서 사는 과일은 참외가 유일했고, 주로 6월이나 7월, 본격적으로 여름이 시작될 무렵이었기 때문에 이번 참외는 무척 이르다는 느낌이 들었다.

"난 수박이 좋더라."

수화 샘은 검은색 줄이 선명하게 박힌 커다란 수박을 골랐다. 나로서는 한 번도 사본 적이 없는 과일이었다.

"다 먹지도 못할 텐데……."

"같이 먹으면 금방 없어져."

수화 샘은 수박을 먹기 좋게 잘라 네모난 통에 넣어 두었다가, 밥을 먹은 뒤에 조금씩 꺼내 먹었다. 옆자리에서 밥을 먹는 사람이 있으면 "한 조각 드셔보실래요?" 말을 붙이며 종이컵에 몇 조각 덜어주기도 했다. 수화 샘은 수박을 잘 다루었다. 과일을 잘 다룬다는 게 말이 되는지는 모르겠지만 수박을 다루는 손길이 남달랐다. 수박 껍질로 담근 장아찌를 작은 유리병에 나누어 담아 와이즈 교육 선생들에게 나누어줄 정도였으니까. 돈이 전혀 아깎지 않을 정도로 깨끗하게 수박의 흔적을 없앴다. 수화 샘이 불평 아닌 불평을 한 것도 수박을 손질하면서였다.

"이 고시원은 다 좋은데, 칼이 너무 안 들어."

식칼이라고 부르기에는 어딘지 빈약한 중간 크기의 칼이었다.

"이렇게 무딘 칼이 손을 다치게 하는데."

칼을 내려다보는 수화 샘의 표정이 하도 진지하기에 "칼을, 하나 살까요?" 하고 물었다. 칼을 사면 어디에 보관해야 할까? 공용 부엌에 두면 사람들이 함부로 쓸 텐데. 내 서랍에 두어야 하나. 식칼을? 속으로 그런 고민을 하고 있는데 의외로 수화 샘은, "칼을? 칼을 왜 사? 네가 필요하면 사. 근데 굳이 칼을? 왜?"라고 말해 나를 어이없게 했다.

수화 샘의 태도가 전부 이해되는 건 아니었지만 수화 샘같이 예쁜 사람이 가족처럼 나를 챙기고 위하면서 내가 조금이라도 짜증을 부리면 기분을 풀어주려고 노력하는 모습이 싫지 않았다. 시내에 같이 갈 사람이 있는 것도 오랫동안 잊고 지낸 기쁜 일 중 하나였다. 수화 샘이 꾸미는 데 돈을 쓰는 일은 좀처럼 없었지만, 내가 옷을 사러 갈 땐 기꺼이 함께 가주었다. 옷감이나 바느질 자국을 눈여겨보고 흠집을 발견하면 당당한 태도로, 나라면 절대 할 수 없는 물건값을 흥정했다.

"모든 물건에는 제값이 있는 법이거든."

여름이 시작되고, 살이 조금 빠졌다고 생각되었을 때 나는 처음으로 사무실에 치마를 입고 갔다. 무릎 위로 올라오는 데님 주름치마였다. 수화 샘이 아니었다면 사는 순간 옷장 안으로 들어가 영영 나오지 못할 옷이었다.

"너랑 잘 어울린다. 완전 날씬해 보여."

사무실 선생들은 내가 치마를 입었다는 사실도 모르다가 수화샘의 활력 넘치는 목소리에 나를 돌아보았다. 그러고는 나에게 살이 많이 빠졌다고, 조금만 더 빼면 되겠다고, 살도 젊을 때 빼야 한다고 한마디씩 했다. 그런 말을 들었다고 내가 갑자기 날씬해졌다거나 예뻐졌다거나 착각을 한 건 아니지만 사람들의 시선을 받는 것이 전처럼 두렵지 않았다. 수화 샘이 아니었다면 경험하지 못할 낯선 변화였다.

"보영아, 너는 귀한 존재야. 세상에 하나밖에 없는."

수화 샘은 모든 말에 진심을 담아했다. 그런 말을 들을 때마다 낯 뜨거우면서도 귀 기울여 내 이야기를 듣고, 진심으로 나를 위하는 존재가 있다는 생각에 가슴이 뻐

근해졌다. 당연히 누구라도 수화 샘을 좋아할 것 같았는데 의외로 수화 샘의 회원 수는 전혀 늘지 않았다. 오히려 있던 학생마저 떨어져나가 지국장한테 불려가는 일이 잦은 건 알다가도 모를 일이었다.

수화 샘과 나는 여름 내내 붙어 다녔다. 호칭을 '언니'라고 바꾸고 서로의 고시원에 허물없이 들락거리며 잠도 같이 자고 드라마도 같이 봤다. 주말에는 수화 샘을 따라 도서관에 가기도 했다. 산만한 나와 달리 수화 샘은 몇 시간이고 한자리에 앉아 책을 읽었다. 처음엔 재미있는 책이라며 이 책, 저 책을 서가에서 빼주었는데 내 눈에는 딱 봐도 지루한 과학 서적이라서 나는 주로 거치대에 놓인 잡지나 신간 서적을 펴놓고 딴생각을 했다. 이를테면 수화 샘과 같이 살면 어떨까 하는 생각. 고시원이 아닌 진짜 집에서 밥도 해 먹고, 책도 읽고, 보송한 이불을 덮고 나란히 누워서 도란도란 이야기를 나누면 어떨까 하는 생각. 오래전부터 그런 생활을 원했으면서도 그게 가능할 리 없다는 강한 믿음이 있었다. 갚아야 할 빚 때문이기도 했고, 사람을 쉽게 믿지 못하는 까닭도 있었다. 아기가 태어난 다음에 벌어질 낯선 상황도 두렵긴 마찬가지였다. 그리고 무엇보다 수화 샘이 나를 어떻게 생각하는지 확신이 서지 않았다. 만약 수화 샘이 먼저 그런 얘길 꺼냈다면, 내 삶으로 들어오고 싶어 하는 모습을 적극적으로 보여주었다면 좀 더 진지하게 고민했을까. 가족이 반드시 혈연으로 얽히거나 법적인 절차를 밟아야 하는 건 아니니까.

그러나 수화 샘은 끝내 그런 말을 하지 않았다. 인류의 과거나 먼 미래, 목성에서 무선 신호를 보내는 우주선에 대해서는 한참을 떠들망정 아이가 태어난 후에 달라질 생활에 대해서는 말을 아꼈다. "예전이 좋았는데.", "앞날은 모르겠어.", "결혼은 꼭 해야 할까?" 같은 추상적인 말은 했지만 거기에는 핵심적인 정보가 빠져 있었다. 변화에 필요한 구체적인 계획 같은 것들 말이다. 나는 수화 샘이 더 솔직하길 바랐다. 고민을 털어놓고 조언을 구하고, 고마움을 말로 표현해 주었으면 했다. 내가 넌지시 애 아빠가 누구냐고 물었을 때 멍한 표정으로 말을 돌릴 게 아니라 어떤 남자인지 시시콜콜하게 이야기해 주길 바랐다. 하지만 수화 샘은 내가 과거의 일을 물을 때마다 '인생은 이해할 수 없는 일로 가득하다'라거나 '시간은 앞으로만 흘러가는 법'이라는 등 몽상가적인 대꾸로 갈음할 뿐이었다.

더운 날씨는 9월까지 계속되었다. 수화 샘은 일을 그만두었고, 나는 수화 샘의 회원을 물려받아 역대 최다 회원을 보유하게 되었다. 우리는 방서동에 있는 세광맨션에서 자주 만났다. 방서동은 C시에서도 유난히 낙후된 동네였는데 수화 샘의 회원들이 그 동네에 몰려 있었기 때문이다. 무너질 것처럼 금이 쩍쩍 간 아파트의 외관을 보면 사람이 못 살 것처럼 위태로워 보였지만 당연히 거기에도 사람이 살았다. 심지어 정문 앞 편의점에는 늘 손님이 붐볐다. 수화 샘과 나는 종종 점포 앞 테이블에 앉아 맥주를 마셨다.

"지국장이 돈을 좀 줬어."

수화 샘이 불쑥 말했다. 일을 그만둔 지 두 주 만이었다.

"지국장이요? 왜요?"

"퇴직금이지. 안 줘도 그만인데 주는 거라고, 고마운 줄 알래."

"얼마를요? 얼마를 줬는데요?"

나는 혹시라도 학부모와 마주칠까 봐 맥주 캔을 손수건으로 돌돌 감싸면서 물었다.

"그게 중요한 건 아니고."

그게 제일 중요하지 않나? 생각했지만 수화 샘이 돈에는 관심 없다는 투로 말을 돌렸기 때문에 더는 묻지 않았다.

"그보다는 다른 게 아쉬워. 사무실에 있던 내 의자하고 책상."

"책상이요?"

"앞으로 뭘 하면 좋지? 보영아, 나 좀 무섭다."

수화 샘은 말의 내용과 어울리지 않게 코를 찡긋하며 웃었다. 수화 샘의 표정을 보자 며칠 전에 다녀온 미혼모 상담 센터가 떠올랐다. 서울에 있는 상담 센터까지 가자고 한 사람은 나였다. 그냥 한번 해본 말이었는데 의외로 수화 샘이 화색을 띠며 바로 버스표를 예매했다. 두 시간 남짓, 시내버스를 두 번이나 갈아타고서야 도착한 곳에서 나와 수화 샘은 서로 다른 이유로 충격을 받았다. 수화 샘은 (자신이 보기에) 피곤한 얼굴로 아이를 안고 있는 미혼모와 그들을 도우러 온 자원봉사자를 보고 생각지도 못한 모종의 치욕을 느꼈기 때문이고, 나는 수화 샘이 그렇게 생각했다는 것에, 자신을 그들과 분리시키며 특별한 존재로 여기는 것에 깜짝 놀란 것이다. 수화 샘 역시 피곤한 사람 외에 아무도 아닌데.

나는 눅눅해진 과자를 집어 먹었다. 한때는 수화 샘의 내밀한 두려움을 알고 싶어 전전긍긍했으면서 지금은 이상하리만큼 마음이 식어 있었다. "넌 귀한 존재야." 그런 말을 건넬 때의 따스함조차 다른 사람의 것처럼 느껴졌다. 나는 맥주 캔을 감싸고 있던 손수건을 풀어 이마의 땀을 닦고 그대로 얼굴을 덮었다. 수화 샘의 눈을 똑바로 마주하고 싶지 않아서였다.

"인간은 왜 태어났을까?"

수화 샘이 한참 만에 입을 열었다.

"와, 또 그 소리. 지겹지도 않나 봐."

나도 모르게 손수건을 홱 치우면서 짜증을 냈다. 인간이 어쩌고 하는 이야기는 수화 샘이 틈만 나면 꺼내는, 여름 방학용 교재 〈생물의 번성〉에 나온 내용이었다. 나는 그 부분이 지루해서 읽지도 않았는데 수화 샘은 흥미롭다며 관련된 책까지 빌려 읽었다. 다 읽은 뒤에는 "인간은 뭣도 아니다", "공룡들이 얼마나 아름다웠니" 같은 말을 했고, 수억 년 전 인간이 살지 않았던 지구를 상상하면 마음이 편해진다는 말 같지도 않은 말을 떠들어댔다.

"지금 과학자들이 거대한 블랙홀을 촬영하고 있대. 그런 위대한 일을 하려고 태어난 사람도 있겠지."

"블랙홀은 찍어서 뭐 하는데요?"

현실감이라고는 전혀 없는 허황된 이야기를 진지하게 하는 수화 샘이 한심해 보였다. 볼 수도 없고 만질 수도 없는, 심지어 존재하는지조차 모르는 것들이 대체 왜 궁금한 걸까. 수억 년 전은 수억 년 전이고, 지금은 지금인데 그걸 구분 못 하는 사람처럼. 나는 태만하게 그런 말을 할 게 아니라 앞으로 배가 얼마나 더 부를지, 예정일은 맞출 수 있을지, 애를 낳은 다음에도 고시원에 살 수 있을지 같은 현실적인 고민을 해야 한다고 생각했다. 당장은 비참하더라도 지금보다 나아지려면 코앞에 있는 문제를 봐야 하니까.

"집은 알아봤어요? 고시원에서 계속 살긴 그렇잖아요. 루시도 있는데."

결국 내가 먼저 루시 얘길 꺼냈다.

"루시?"

수화 샘은 머리를 한 대 얻어맞은 표정으로 나를 보았다. 가끔 정신이 딴 곳에 가 있는 사람처럼 몽롱한 얼굴로 허공을 보곤 했는데 루시 얘기가 나오면 특히 심해졌다.

"루시는 참 사랑스러운 이름이야. 꼭 그렇게 불러주

고 싶어."

수화 샘이 중얼거렸고, 나는 그냥 맥주를 마셨다.

'루시'는 아프리카 하다드 사막에서 발굴된 화석이었다. 여성으로 추측되는 이 화석에 관해서는 어린이 세계사 부록에 짧게 소개되었다. 수업과 무관한 내용이라서 나는 그 부분을 다루지도 않았는데 수화 샘은 교재에 있는 내용보다 더 자세하게 파고들더니 화석의 이름이 루시라는 것과 그 이름이 조사대 캠프에서 흐르던 비틀스의 노래 제목에서 따왔다는 것을 알아냈다.

"나도 잘 모르겠어."

수화 샘은 내 맥주를 가져다가 한 모금 마셨다. 나는 캔을 빼앗으려고 손을 뻗다가 그냥 두었다.

"보영아, 너는 내가 아기를 꼭 키워야 한다고 생각해?"

"……"

"상황이 이런데도?"

"노력은 해야겠죠."

"노력? 어떻게?"

수화 샘이 되물었다.

"보영아, 어떻게 노력하면 되는데? 내가 어떻게 노력

아무도 모르는 일

하면 달라질까?"

 어떻게 노력하면 될까, 수화 샘이 할 수 있는 게 뭘까. 그래, 어쩌면 이건 내가 생각하는 것보다 중요한 문제일지 모른다. 어쩌면 이거야말로 수화 샘이 풀어야 할 숙제일지 모른다. 내가 도울 수 있는 일이 있을까? 아기를 낳은 뒤에는 수화 샘의 인생이 어떻게 바뀔까? 감당할 수 있을까? 진지하게 생각하고 있는데 수화 샘이 갑자기 웃음을 터뜨렸다. 나는 대번에 기분이 나빠져서 말했다.

 "이럴 거였으면 병원에 가지 그랬어요."

 "병원?"

 "애를 떼지 그랬냐고요."

 "아……. 그 말이구나. 너도 그 말을 하네. 말은 참 쉬워. 그치? 의사를 만나긴 했어……. 둘이나. 두 번째 의사는 나한테……."

 뒷말을 흐리던 수화 샘은 한순간 정신을 차린 듯이 딱 부러지게 말했다.

 "보영아, 지금은 현실적인 방법이 필요한 때야."

 "무슨 방법이요?"

 "아이를 좋은 곳으로 보내준대."

 "어디서요?"

"내가 찾은 입양 업체."

"입양 업체요?"

"나랑 같이 가줄 수 있어?"

그 순간 나는 수화 샘의 눈에서 간절함을 보았다. 어쩌면 수화 샘에게 일어난 일이 나에게도 일어날 수 있다는 것을, 그게 꼭 임신은 아니더라도 감당할 수 없는 일 때문에 고립될 수 있다는 것을 수화 샘의 상황을 통해 배웠는지도 모른다. 누군가의 관계에서 그런 눈빛을 보내본 적은 많았지만 똑바로 응시해 본 건 이번이 처음이었다.

"그러죠, 뭐."

술 때문인지 귀가 멍하고 어지러웠다. 어째서 선택은 늘 아무 일도 아닌 것처럼 이루어질까. 중요한 선택은 보다 강력한 힘을 지니고서 희미한 정신을 흔들어 깨우듯이 강력하게 일어나야 하는 게 아닐까. 그러나 선택의 순간은 늘 어물쩍 지나가고, 지난할 정도로 오래 기억될 후회의 순간만 삶 속에 각인되듯 남아 그림자 같은 형체를 이룬다.

입양 업체가 있는 동네는 세광맨션보다 더 볼썽사나웠다. 뻥뻥 뚫려 있는 문이 심상치 않게 보였고, 벽은 완전히 허물어진 것도, 제대로 서 있는 것도 아닌 채로 기우뚱했다. 재개발 때문에 방치된 집들이었다. 안이 훤히 들여다보이는 빈집들 사이에 수화 샘이 찾았다는 업체가 있었다.

"저기가 맞는 것 같다."

수화 샘이 4층짜리 건물을 가리켰다.

"간판 같은 것도 없네요?"

건물에는 승강기도 없었다. 우리는 4층까지 걸어 올라갔다. 헉헉거리는 나와 달리 수화 샘은 숨 한 번 크게 내쉬지 않았다. 내가 아무 표지도 없는 회색 현관문에 손바닥을 대고 숨을 고르는 동안 수화 샘은 망설임 없이 벨을 눌렀다. 기척이 없자 두어 차례 연속으로 눌렀다. 그래도 주인이 나오지 않자 주먹을 쥐더니 현관문을 쾅쾅 두드렸다. 이래도 될까…… 남의 집 문인데……. 걱정하는 순간 인기척이 나더니 잠금장치가 풀렸다. 나는 화들짝 놀랐다. 안에 사람이 없으려니 생각하고 있었던 것이다.

문을 연 사람은 깡마른 남자였다. 남자는 자다 깬 것처럼 부스스한 차림으로 수화 샘과 나를 훑어보았다.

"입양 문의하러 왔어요."

수화 샘의 단도직입적인 말에 남자는 당황한 것 같았다. 처음보다 더욱 노골적인 눈으로 우리를 한참 살핀 후에야 경계할 만한 대상이 아니라고 판단했는지 끽 소리를 내며 현관문을 열어주었다.

　암막 커튼이 창을 틀어막고 있는 실내는 대낮인데도 어두침침했다. 가구라고는 3인용 소파와 테이블뿐이었고, 한쪽에는 낡은 철제 사물함이 버려진 것처럼 방치되어 있었다. 신발은 벗을 필요가 없었다. 바닥에 깔린 나뭇결무늬 장판이 어두운색인데도 더러웠기 때문이다.

　"앉아요. 기다려야 되니깐."

　남자가 거실에 놓인 소파를 가리키며 말했다. 나처럼 뚱뚱한 사람이 엉덩이를 걸치는 순간 푹 꺼질 것 같은 삭은 소파였다. 내가 뜯어진 가죽 소파를 넋 놓고 쳐다보는 동안 수화 샘은 거리낌 없이 자리에 앉았다.

　"얼마나 기다려야 해요?"

　수화 샘이 물었다. 남자는 대답 대신 담배를 꺼내 물고 불을 붙였다.

　"아직 영업시간은 아닌데 마침 상담 실장님이 안에 계십니다."

　남자는 사물함에서 파일을 하나 꺼내 와 수화 샘 앞에 내려놓더니 호기심 어린 표정으로 여길 어떻게 알고 왔냐고 물었다.

"소개받았어요."

내가 무슨 생각을 할 겨를도 없이 수화 샘이 대답했다.

"어디서?"

"네?"

"누구한테 소개받았냐고."

남자의 말투가 갑자기 바뀌어서 나는 좀 긴장됐다.

"니들 혹시 설이 친구냐? 설이랑 같이 일해?"

남자가 물었다.

"꼭 말해야 돼요?"

수화 샘이 당돌하게 되묻자 남자는 목소리를 낮추고 조심스럽게 물었다.

"설이는 괜찮냐?"

"알아서 뭐 하시게요."

수화 샘의 대답에 남자는 담배 연기를 길게 내뱉었다. 남자가 화를 내겠구나, 짜증을 내겠어, 우릴 쫓아낼까? 조마조마한 마음으로 기다리는데 남자는 화를 내지 않았다. 대신 몸을 약간 틀어 수화 샘의 얼굴을 쳐다보았다.

"근데, 너 되게 예쁘게 생겼다? 몇 살이야?"

수화 샘이 아무 대답도 하지 않자 남자는 어딘가로 전화를 걸며 방으로 들어갔다.

우리는 말없이 남자가 놓고 간 '관리 서류'라는 제목이 붙은 검은색 파일을 넘겼다. 열 개로 나뉜 칸에 날짜와 이름이 적혀 있었다. 민설이라는 이름은 6월 25일 칸에 있었다. 이름과 날짜만 적혀 있는 서류철에서 한 줄의 메모를 발견한 건 수화 샘이었다.

'가장 행복한 곳으로 가.'

투명 내지 위에 누군가 볼펜으로 낙서하듯이, 그렇지만 힘을 주어 꾹꾹 눌러쓴 글귀. 문장은 여러 가능성을 지닌 채로, 글자를 읽을 수 있는 사람이라면 결코 지나칠 수 없을 선명함을 지니고서 그곳에 있었다. 글귀를 읽은 순간 여러 생각이 뒤섞였고, 이유도 모른 채 마음이 무겁게 내려앉았다. 파일을 덮은 뒤에는 나도 모르게 수화 샘의 얼굴을 쳐다보았다. 그렇게 하면 내 생각이 저절로 전해지기라도 하는 것처럼. 내 기대와 달리 수화 샘은 별말이 없었고 표정도 담담했다.

남자가 방으로 들어오라는 신호를 보냈다. 수화 샘이 방으로 들어가고 나는 테이블 위에 널려 있는 신문을 보았다. 별 생각 없이 신문을 넘기다가 5년 전 이남공원에서 있었던 임신 중지 반대 시위에 대한 기사를 읽고 갑자기 몸이 굳었다. 남의 것을 훔쳐보듯이 빠르게 활자를 훑는 동안 식었던 땀이 다시 흘렀고 심장박동이 빨라졌다. 신문에 날 정도로 큰 시위를 주도한 사람들이 다름 아닌 엄마가 속해 있던 종교 단체였기 때문이다.

 엄마는 내가 대학교에 막 입학했을 때 본격적으로 종교 활동을 시작했다. 단체 생활을 한다며 집에 안 들어오는 날이 잦았는데, 가끔 옷가지를 챙기러 오면 내가 자신의 뼈와 살을 갉아먹고도 고마움을 모르는 데다 점점 뚱뚱해진다고 짜증을 냈다. 엄마의 히스테리는 날이 갈수록 심해졌고, 나는 그걸 감당할 수 없었을 뿐더러 하기도 싫었다. 엄마가 기도한답시고 사람들을 데려와 이상한 절을 시키기 시작했을 때 미련 없이 집을 나왔다. 1학기를 마치자마자 휴학을 하고 일을 구했다. 다행히 와이즈 교육에서는 전공이나 증빙 서류를 중요하게 생각하지 않았다. "마음가짐이 중요하지." 지국장은 그렇게 말하며 돈까지 빌려줬다. 신입은 누구나 그 돈으로 교재와 교구, 그 밖의 비용을 해결한다고 했다. 이자가 부담스럽긴 했지만 못 갚을 정도는 아니라서 나는 미친 듯이 회원을 모았고, 1년이 지나고 약간의 급여를 받기 시작했다.

마침내 혼자 힘으로 살게 된 것이다. 그쯤 엄마가 찾아왔다. 애를 지워야 하는데 수술비가 없다고, 옆방에 다 들릴 정도로 큰 소리로 울면서 자기도 당한 거라며 가슴을 탁탁 쳤다. 나는 가진 돈을 전부 털어 주고 다음 날 고시원을 옮겼다. 그날 이후로 엄마를 만나지 못했다.

그런데 예기치 못한 공간에서 엄마가 속했던 종교 집단에 대한 기사를 읽고 있자니 문득 이런 생각이 드는 것이다. 엄마가 내게 잘못을 저질렀다는 생각. 상처를 주었다는 생각. 나는 결코 엄마의 뼈와 살을 갉아먹은 적이 없다는 생각. 엄마는 나를 키울 자격이 없었다는 생각. 억울한 기억들이 끝도 없이 이어졌다. 분노라기보다는 뭔가 알 수 없는 감정이었는데 방문이 열리고 수화 샘이 나오는 순간 신기하게도 뜨거웠던 감정이 싸늘하게 식어 버렸다.

수화 샘과 나는 별다른 대화를 나누지 않고 건물 밖으로 나왔다.

"뭐래요?"

"……."

버스 정류장까지 걸어오는 동안에도 수화 샘은 말이 없었다. 나 역시 잠자코 있다가 편의점에서 주스를 하나씩 사 먹고 나서야 정말로 궁금한 걸 물었다.

"루시를 정말 좋은 곳으로 보내줄 것 같아요? 신원 확인이 돼야 입양이 가능하다면서요. 실장이라는 사람은 좀 괜찮아 보였어요?"

수화 샘은 말없이 주스병에 붙은 라벨을 손톱으로 긁기만 했다.

"티브이에서 봤는데, 어떤 교회 앞에는 베이비 박스 같은 것도 있어요. 거기에 온 아기들은 보살핌을 받을 수 있대요."

"……."

"키우고 싶은 생각은 조금도 없는 거예요?"

수화 샘은 내 물음에 고개를 돌려 나를 보았다. 그러고는 무슨 말인가 하려고 했다. 그러나 끝내 말을 하지 않았고 입을 굳게 닫아버렸다. 얼마나 지났을까. 입양 업체의 문을 열어주었던 남자가 우리 쪽으로 걸어오는 게 보였다. 남자를 먼저 본 사람은 나였다. 나는 얼른 다른 곳으로 피하려고 수화 샘의 팔을 잡아끌었다. 이런 경우 끝이 좋은 경우는 거의 없기 때문에 마음이 조급했다. 그러나 수화 샘은 남자가 다가올 때까지 요지부동으로 서 있었다. 가까이 온 남자는 수화 샘의 얼굴을 빤히 쳐다봤다. 수화 샘도 고개를 들어 남자의 얼굴을 똑바로 봤다. 나는 두 사람이 원래 아는 사이였나 싶었다. 원래 아는 사이인데 못 알아보았다가 뒤늦게 생각이 나서 무릎을 탁 치고 뛰어온 상황인 건가.

"내일 전화해도 되니?"

남자가 물었다.

"왜요?"

수화 샘이 되물었다.

"왜긴, 네가 마음에 들어서 그렇지."

수화 샘은 피식 웃었다.

"마음에 든다고요? 제가요?"

"첫눈에 반한 것 같으니까 번호 좀 찍어봐."

남자가 전화기를 내밀었다. 나는 아까보다 더 세게 수화 샘의 팔을 잡아끌었지만, 수화 샘은 남자가 준 휴대전화를 받아 들더니 번호를 입력했다. 나도 모르게 헛웃음이 새어 나왔다. "웃기고들 있네." 수화 샘은 내 말을 못 들은 것처럼 있다가 남자가 떠난 뒤에야 변명처럼 덧붙였다.

"안 주면 계속 따라올까 봐 그랬어. 집까지 따라올까 봐……. 너까지 귀찮게 할까 봐. 정말이야."

"누가 거짓말이래요?"

마침 버스가 도착했고, 나는 몸을 휙 돌려 버스에 올라탔다.

버스에는 사람이 별로 없었다. 우리는 맨 뒷자리에 나란히 앉았다. 수화 샘은 공허한 표정으로 창밖을 보았다. 여전히 손에 든 주스병의 라벨을 손톱으로 떼어내고 있었는데 그것도 의식하고 하는 행동은 아닌 것 같았다. 말 좀 할 것이지. 그런 생각이 드는 동시에 말을 한다고 해서 내가 뭘 어쩌겠냐는 체념이 함께 들었다. 수화 샘의 속내를 알고 싶으면서도 그걸 다 들어주기에는 부담스러운 마음. 나는 눈을 감아버렸다.

"같이 가줘서 고마워."

헤어지기 전에 수화 샘은 다정한 목소리로 말했다. 아침부터 걸어 다닌 탓에 내 몸에서 땀 냄새와 쉰내가 지독하게 나 속이 울렁거렸다. 수화 샘은 땀 한 방울 흘리지 않았고 얼굴도 깨끗했다. 아직도 여름 한가운데 있는 나와 달리 이미 여름을 통과한 사람 같았다. 나는 우울해졌다. 혼자만 엄청난 불행 속에 있다는 생각과 앞으로 더 큰 불행만 다가오리라는 재수 없는 예감이 들었기 때문이다. 내 인생은 언제까지고 그럴 테지. 살도 빠지지 않고, 돈도 모이지 않고, 누군가 첫눈에 반했다며 번호를 물어올 일 따위는 당연히 없을 테지. 수화 샘이 남자와 연락을 주고받으리라는 생각 때문이었을까. 집에 도착할 때쯤 나는 수화 샘이 조심성 있는 사람이었다면 임신은 하지 않았으리라는 생각을 하고선 그런 생각을 했다는 것에 깜짝 놀랐다.

그날 이후 수화 샘에게서는 연락이 없었다. 나도 연락을 하지 않았다. 몇 주가 지나고 전화가 한 번 오긴 했다. 수화 샘은 불안한 목소리로 뭔가 잘못된 것 같다고, 이러면 안 될 것 같다고, 아기를 키우고 싶다고 울먹였다. 모르겠다, 무섭다, 막막하다 같은 말만 반복했는데 나는 끝까지 아무 대꾸도 하지 않았다. 그러자 수화 샘은 "괜찮겠지? 이게 최선이겠지? 괜찮아질 거야. 맞아. 그럴 거야." 하며 자문자답을 했다. 어쨌거나 전화는 내가 먼저 끊었다. 할 만큼 하지 않았나. 내가 할 수 있는 것보다 더 많이. 이건 어디까지나 수화 샘 일인데 이렇게까지 나에게 기대고 연락하는 건 정말 부담스럽다. 전화를 끊고서 그런 생각을 했던 것 같다. 나는 내 생각이 틀리지 않다고 믿었다. 최선을 다했고, 그 이상을 했으며, 우정을 배신한 사람은 수화 샘이라고. 찜찜함이 아예 없는 것은 아니었으나 나는 변화를 인지했고, 그 변화를 각자 감당해야 할 미래로 받아들였다. 상자를 받기 전까지, 어물쩍 지나간 선택의 순간이 미래에 어떤 식으로 출몰하는지 잠시 잊고 있었던 것이다.

*

여자 둘이 도란도란 이야기를 나누며 주방으로 들어왔다. 여자들은 각자의 도시락을 들고 식탁에 앉았다. 그들 중 한 명이 조리대에 놓인 상자를 쳐다보는 게 느껴졌다. 나는 여자의 시선을 의식하면서 상자를 들고 구석진 자리로 가서 앉았다.

여자들이 이야기를 주고받으며 밥을 먹는 동안 상자에 들어 있던 검은 봉지를 들고 냉장고 앞을 서성거렸다. 봉지 안에 무엇이 들어 있는지 확인하는 대신 봉지를 냉동실 안에 집어넣을 생각이었다. 그러나 부주의하게 문을 여는 바람에 앞쪽에 있던 지퍼 백이 툭 떨어졌고, 밥을 먹던 두 여자가 바닥에 떨어진 만두와 나를 번갈아서 쳐다보았다. 나는 만두가 든 지퍼 백을 주워들었다. 오랜 시간 갇혀 있던 냉기가 가차 없이 손으로 파고들었다. 그

단호한 차가움이 내게 예상치 못한 수치심을 불러들였는데, 그게 꼭 수화 샘 때문만은 아니었다. 갑자기 많은 것이 후회되기 시작했고, 정확히 무엇을 후회하는지도 모르면서 그 상황을 바꿀 수 없는 나 자신에게 화가 났다.

나는 만두와 검은 봉지를 식탁으로 가지고 왔다. 그리고 해치워버리듯이 가위로 봉지의 매듭을 잘랐다. 단내가 진하게 풍기는 참외 다섯 개가 식탁으로 쏟아졌다. 그리고 아기 운동화. 식탁 아래로 굴러 떨어지는 참외를 멈추게 한 아기 신발이 있었다. 잔잔한 꽃무늬가 있는 연보라색 운동화는 새것이었다. 잘못 넣었을까?

태아는 배 속에서 목소리로 사람을 기억한다는 말을 들은 적이 있다. 그렇게 따지면 루시가 가장 또렷하게 기억하는 사람은 나일 것이다. 지금쯤 깨끗한 이불 위에 누워 손가락을 꼼지락거리고 있겠지. 건강한 모습으로 사랑을 듬뿍 받고 있으면 좋겠다. 수화 샘의 바람대로 루시는 여자애였을까. 루시가 가장 행복한 곳에 있었으면 좋겠다고 생각하다가 내가 한 생각이 얼마나 가소롭고 이기적인지 깨닫고 섬뜩해졌다. 세상에. 가장 행복한 곳이라니. 그런 곳이 있기나 한가.

하지만 그건 모르는 일이었다. 나뿐만 아니라 아무도

모르는 일. 손바닥보다 작은 운동화를 만지작거리며 수화 샘의 전화번호를 기억해 보았다. 아직 익숙한 열한 자리 숫자가 또렷하게 떠올랐다. 나는 망설임이 생기기 전에 얼른 전화기를 꺼냈다. 두렵지 않은 것은 아니었지만, 누구에게나 아기 운동화 한 켤레를 보관할 자리는 있을 터였다.

Painting
양도혁

Instagram.com/Dopaghetti

연리지 Boundary Issues, 2022, gouache on paper, 159×128cm

Scared Green, 2022, gouache on paper, 105.5×77cm

Paper White, 2022, gouache on paper, 159×128cm

Planted Life II, 2022, gouache on paper, 15.5×10.5cm

두 번째

늑대를
그리다

※

그해 여름, 유정은 근처에 동물원이 있다는 사실을 처음 알았다. K시에 온 지 3년 만이었다. 아파트 앞에 있는 야트막한 산을 오르면 평지로 된 좁은 산책 길이 나 있는데, 그 길로 45분을 걸으면 동물원 후문과 이어졌다. 수영장의 미끄럼틀처럼 길고 가파른 지형의 동물원에는 관람객이 별로 없었다. 코로나19 여파로 단체 관람이 끊긴 데다 K시와 P군이 통합되면서 근처에 복합 문화 공간이 생겼기 때문이다. 한때 담배 공장 부지였던 그곳은 어린이 테마파크와 쇼핑센터, 공연장과 전시관이 다 들어가고도 땅이 남아 공사가 계속되고 있었다.

동물원의 시설은 한눈에도 낙후되어 보였다. 동물의 개체 수도 적었다. 맹금류와 식육목은 거의 없었고, 있다 해도 구석에 축 늘어진 채 쉬고 있거나 좁은 우리 안을 반복적으로 왔다 갔다 하는 불안한 모습이었다. 유정은 열악한 환경을 보며 동물원이 없어지는 건 당연하다고 생각했다. 평생을 한곳에 갇혀있다 죽는 건 비극이니까. 낡고 오래된, 오물 냄새가 진동하는 칸막이 안에서 본성을 잃지 않기란 거의 불가능했고, 본성을 잃는 건 유정에게는 죽음과 같았다. 그런 의미에서 동물원 곳곳에는 죽음의 냄새가 스며 있었다. 그런데도 유정은 여름 내내 그곳에 갔고, 그곳에서 많은 시간을 보냈다.

　허름한 철망으로 겨우 표시만 해놓은 후문에는 갯과와 오리, 돼지가 함께 있었다. 개와 늑대는 한 마리씩 분리되어 사각 칸막이 안에 있었고, 돼지는 오물 섞인 흙바닥에서 쉬지 않고 무언가를 주워 먹었다. 오리는 돼지우리 옆에 만들어진 구정물 웅덩이 주변을 느긋하게 돌아다녔다. 발밑이 온통 흙탕물인데도 어미 오리를 따라다니는 새끼 오리의 털은 아직 뽀송뽀송했다.

　유정은 늑대 우리 앞에 있는 의자에 자리를 잡고 앉았다. 그늘 한 점 없는 의자에 앉아 몇 시간이고 늑대를 보는 것이 유정이 동물원에서 하는 일이었다. 지금 보고 있는 늑대와 완전히 똑같은 늑대는 세상에 없다. 유정은 늑대의 상태를 기록하는 임무를 맡은 사람처럼 하나하나 정성껏 살폈다. 늑대는 고장 난 장난감처럼 우리 안을 계속 왔다 갔다 할 뿐이었지만 유정은 매 순간 새로운 뭔가를 발견하듯이 늑대에게서 시선을 떼지 않았다. 지친 모습 사이로 이따금 날렵한 눈매와 쫑긋 세워진 귀가 희미한 윤곽을 그리며 나타났다가 사라졌다. 영민하게 주위를 파악하고 조금이라도 수상한 소리가 나면 즉각적으로 반응하는 야생성이 남아 있는 몸. 유정은 늑대의 눈에서 섬뜩한 기운이 나오는 순간을 기다렸다. 사지를 얼어붙게 만드는 날카로운 동물의 눈빛이 자신의 일상에 예리한 공명을 일으킬 수 있다고 믿는 것처럼. 그러나 늑대는 중요한 것을 빼앗기고도 자신이 무엇을 빼앗겼는지 모르는 사람처럼 무기력하기만 했다.

늑대의 태도에 변화가 생긴 것은 장마도 무더위도 끝난 9월, 때아닌 소나기가 퍼붓던 날이었다. 미묘한 변화였지만 유정은 그것을 즉시 알아차렸다. 동공이 반짝하는가 싶더니 온 정신을 집중하는 눈빛. 그날 늑대는 좁은 우리 안을 왔다 갔다 하지 않고 네발로 선 채 우리 너머를 바라보았다. 지금 자신이 있는 곳이 어디인지 아는 것처럼. 나무, 바람, 빗줄기 그리고 유정. 늑대는 우리 너머에서 움직이는 것들을 골똘히 쳐다보다가 철망 아래쪽에 시선을 고정했다. 유정은 철망 앞으로 다가갔다. 바닥과 철망 사이, 틈이 살짝 벌어져 있었다. 바닥의 나무가 마모되면서 철망을 연결해 놓은 부분이 들뜬 것이다. 유정은 알 수 없는 기이함에 압도되어 쓰고 있던 우산을 접어 벌어진 틈으로 힘껏 밀어 넣었다. 삭은 나무가 기다렸다는 듯이 쩍 갈라졌다. 비 때문인지 관람객은 한 명도 없었고, 오후였는데도 저녁인 것처럼 어둑했다. 유정의 심장이 거세게 요동치는 것과 달리 늑대는 침착했다.

*

　유정은 바지만 갈아입고 거실로 나왔다. 허렁한 티셔츠를 그대로 입은 채 화장은 거의 하지 않고 손에는 구김이 많이 간 에코 백을 들고 있었다.
　"동물원엔 무슨 일이래?"
　유정이 물었다.
　"그렇게 입고 가려고? 선물 받은 옷 꺼내놨는데."

성훈은 의자에 걸쳐놓은 상의를 가리키며 말했다. 유정은 옷을 힐끗 살피고는 주방으로 들어가 텀블러를 챙기고, 사각 도시락을 꺼내 방울토마토와 오이를 담았다. 그 모습을 본 성훈은 약속이고 뭐고 다 귀찮아졌다. 유정은 분명 양고깃집에 가서도 주섬주섬 토마토와 오이를 꺼내 먹을 것이고, 박 선배 커플은 유정의 행동에 대놓고 호기심을 보일 것이었다. 유정 씨가 원래 채식을 했었나? 성훈은 잘 섞이지 않는 사람들 사이에 끼어서 분위기를 맞추려고 애쓸 걸 생각하니 벌써 지쳤다. 유정은 오늘따라 왜 따라나선 걸까. 박 선배 커플을 별로 좋아하지도 않았고, 그쪽에서 만남을 제안했을 땐 번번이 거절해 왔으면서.

"동물원에 오래 있을 것 같아?"

유정이 다시 물었다.

"모르지. 그냥 다음에 보자고 할까? 바쁘면 약속을 취소할 것이지, 왜 사람을 오라 가라 하는지."

성훈은 박 선배가 약속 장소를 바꾼 것에 대해 일부러 툴툴댔다. 원래 오늘 약속은 박 선배 커플이 단독주택으로 이사한 기념으로 초대한 것이었는데 조금 전 전화를 걸어 급한 일이 생겼다며 동물원으로 오라고 한 것이다.

"올 수 있지? 멀지 않잖아." 동물원이 집에서 멀지 않은 건 사실이지만 박 선배의 말투는 어딘지 일방적이었다.

"이유가 있겠지."

유정은 평소와 달리 너그러운 태도를 보였다.

"이유는 무슨. 가만 보면 자기 마음대로 한다니까. 근데 이거, 정말 안 입을 거야?"

성훈은 유정에게 꺼내놓은 옷을 다시 권했다. 유명 골프웨어 브랜드의 티셔츠는 성훈이 입고 있는 것과 같은 디자인으로 박 선배가 사준 것이었다. 성훈은 골프 치는 날이 아니어도 그 옷을 즐겨 입었지만 유정은 손도 대지 않았다. 이유는 간단했다. "나는 골프 안 치잖아." 골프웨어라고 해서 꼭 골프 칠 때만 입겠냐, 신축성도 좋고 편하다며 성훈이 몇 번을 권해도 유정은 듣지 않았다. 그땐 성훈도 그러려니 했다. 두 사람이 결혼 생활에서 가장 중요하다고 합의한 것이 서로에 대한 존중이었으므로. 한쪽의 희생이나 양보가 필요한 상황은 만들지 말자는 유정의 말이 아니더라도 성훈은 그렇게 했을 것이다.

물론 K시로 이사 오면서 유정이 일방적으로 포기한 것들이 있긴 했다. 나고 자란 서울을 떠난 것이나 7년 동안 운영한 도예 공방을 정리한 일, 기르던 개를 다른 곳에 맡기는 것도 유정은 원치 않았다. 하지만 성훈이 생각하기에 어떤 식으로든 정리가 필요한 일이었고 멀리 보았을 때 잘한 결정이었다. 안정적인 수입원이던 공방을 정리하는 건 아쉬웠지만, 다행히 유정은 공방에 미련이 없었다. 그보다는 개를 다른 곳으로 보내야 하는 것을 힘들어했다. 이사 와서 한동안 방에 틀어박혀 그림을 그린 것도 개를 다른 사람에게 보낸 슬픔 때문이었다. 유정에게 희한한 말습관이 생긴 것도 그때였을 것이다. 개를 늑대라고 하는 것이나 그리는 걸 두고 기른다고 하는 것. 성훈은 그런 말투가 거슬렸지만 괜한 다툼은 피하고 싶어 그런가보다 했다. 그러나 솔직한 마음은 유정이 가벼운 상담이라도 받았으면 하는 것이었다. 어쨌거나 정상 범위 안에 있는 게 중요하니까.

"이거라도 가져갈까?"

성훈은 거실에 있는 진열장을 열어 도자 그릇을 하나 꺼냈다. 대부분 유정이 만든 것이었지만 성훈이 만든 것도 한 개 있었다. 보잘것없는 도자 그릇은 잘 만들어진 유정의 작품 사이에서 단연 눈에 띄었다.

"마음대로 해. 내껀 빼고."

유정은 성훈이 들어 보인 그릇을 쳐다보지도 않은 채

대답했다.

집들이 선물이니 휴지나 세제를 사 가도 그만이었지만 성훈은 박 선배 커플에게 특별한 것을 주고 싶었다. 이를테면 그들이 성훈의 집에 왔을 때, "말도 안 돼! 이걸 직접 만들었다고?" 하며 감탄해 마지않던 공예 작품 같은 것을. 이왕이면 유약이 예쁘게 발린 유정의 청자 그릇을 주고 싶었지만 유정은 성훈의 제안을 단칼에 거절했다. "싫어. 누구 주려고 만든 거 아니야." 분명하게 선을 긋는 유정의 태도에 성훈은 당황했다. 유정이 다른 때보다 멀게 느껴졌고 그날 느낀 거리감은 쉽게 잊히지 않았다.

"선물을 하나 사 가는 게 낫겠다. 그동안 받은 것도 많고."

성훈은 의자에 걸쳐놓았던 옷을 반듯하게 접어 서랍에 넣고 진열장 옆에 있는 리클라이너에 앉았다. 그러고 보니 의자 역시 박 커플이 선물한 것이었다. 의자를 가지고 온 날, 유정은 의자의 어두운색 때문에 집이 잠식당할 것 같다며 버리자고 했다. 성훈은 멀쩡한 물건을 버리자는 유정을 이해할 수 없었다. 선물 받은 물건을 함부로 대하는 것도 싫었고, 의자가 집을 잠식하니 마니 하는 거창

한 표현을 쓰는 것도 우스웠다. 유정이 다시 그 얘길 꺼냈을 때 성훈은 크게 화를 냈다. 원하는 게 있으면 논리적으로 설득하라고, 무턱대고 우기는 것도 정도가 있으며 사사건건 트집을 잡는 건 성격의 결함이라고. 짜증을 쏟고 바로 후회했지만 신기하게도 오랜 체증이 내려간 것처럼 속이 시원했다. 만약 유정이 미안함이나 부담스러움 같은 이유를 내세웠다면 최대한 유정의 의견을 존중했을 것이다. 하지만 유정이 내세우는 것은 의자의 색이나 모양, 분위기가 고작이라서 성훈으로서는 이해할 수도, 장단을 맞춰줄 수도 없는 수준이었다.

결국 의자는 성훈의 뜻대로 거실 한가운데 놓였고, 당연한 말이지만 집이 잠식당하는 일은 일어나지 않았다. 다만 성훈은 유정과 말이 통하지 않는 것을 진지하게 고민하기 시작했고, 그런 고민은 불만으로 이어졌다. 왜 유정은 다시 일을 하지 않을까. 왜 아파트 분양이나 주식 같은 재테크에 관심을 보이지 않지? 갑자기 채식을 하겠다며 식사를 따로 하는 건 어떻고? 당장 돈이 되는 그림을 그리는 것도 아니면서 중요한 일을 하는 것처럼 온종일 방 안에 틀어박혀 하루를 보내는 것도 이해하기 힘든 행동이었다.

"출발하자."

성훈은 도자 그릇 하나를 꺼내 수건으로 돌돌 말아 종이봉투에 담았다.

두 사람은 엘리베이터를 타고 지하 주차장으로 내려갔다. 나란히 걷는 그들의 뒷모습에는 일정한 거리가 있었다. 그것은 모든 관계가 지닌 자연스러운 간격이었다. 누군가와 관계 맺기 전에 이미 존재하는 당연한 거리, 그 거리는 노력으로 없앨 수 있는 것이 아니었다.

*

성훈은 가죽 공방 앞에 차를 세웠다. 핸드메이드 상가가 밀집해 있는 주택가는 도로 폭이 좁아 가게 앞으로 차를 바짝 붙여야 했다.

"한 사람은 차에 있어야 할 것 같은데……."

성훈이 비상등 버튼을 누르며 말했다. 유정은 어리둥절한 표정으로 성훈을 보았다.

"여긴 다 괜찮아 보인다. 가서 적당한 걸로 하나만 골라줘."

성훈은 조수석으로 몸을 쭉 뻗고 공방 안을 살폈다.

가죽 공방은 통유리로 되어 있어 차에서도 내부가 훤히 보였다. 진열대에는 심플한 디자인의 카드 지갑과 꽃문양을 수놓은 카메라집, 독특한 단추가 달린 티 코스터 같은 소품이 놓여 있었다. 유정은 무슨 말을 할 것처럼 성훈을 잠시 보다가 차에서 내렸다.

공방의 커다란 작업 책상 뒤에는 가죽 제품을 만들 때 쓰는 도구들이 있었다. 가죽과 염료, 실과 망치, 크기가 다양한 바늘 같은 것들. 그 물건들을 보자 결혼 전 유정이 운영했던 공방이 떠올랐다. 성훈의 회사 근처에 있던 작은 공방은 유정이 7년 동안 가꾼 곳이었다. 안에는 흙덩이와 물레, 여러 개의 조각칼과 붓이 있었고 아기자기한 도자 작품들도 전시되어 있었다. 공방 앞에는 유정이 '구비오의 늑대'라고 부르는 커다란 개가 한 마리 있었다. 공방을 드나드는 사람들은 개를 좋아했지만, 개는 사람들의 관심을 귀찮아했다. 성훈은 밀린 업무를 하느라 주말까지 회사에 나갔다가 평소보다 조금 이른 시간에 그 길을 지나면서 공방의 존재를 알게 되었다. 매일 다니는 길이었는데 공방이 눈에 띈 것은 그때가 처음이었다. 처음엔 공방 앞에 몸을 늘어뜨리고 엎어져 있는 개를 보았다. 너는 팔자가 좋구나. 그런 생각을 하며 바라보앉는데 무엇 때문인지 마음이 동요해 충동적으로 공방 문을 열고 들어갔다. 당시 성훈은 물건이나 부동산 같은 재산을 감정하고 평가하는 회사의 인턴이었는데 정규직 채용이 확실하지도 않은 상황에서 공방에 6개월 치 학원비를 선납하는 열의를 보였다. 고작 그릇 한 개 만들고 하차할 줄은 돈을 내는 사람도, 받는 사람도 몰랐다.

"물건들이 독창적이네."

차에 올라탄 유정의 표정이 밝았다. 선물은 포장되어 있어 안을 볼 수 없지만 성훈은 유정이 마스크 스트랩을 골랐을 거라고 넘겨짚었다. 쇼윈도에 놓인 소품 중 가장 실용적인 물건이었으니까.

"내가 뭘 샀을 것 같아?"

유정은 성훈이 방금 한 생각을 읽은 것처럼 물었다.

"글쎄…… 요즘 많이 쓰는 거?"

유정이 맞다, 틀리다 답이 없어 성훈은 동물원 주차장에 차를 세우며 다시 물었다.

"뭘 샀는데?"

유정은 차창 밖으로 고개를 돌리며 짧게 대답했다.

"개 목걸이."

후방 카메라가 고장 난 까닭에 고개를 차창 밖으로

빼고 주차선을 확인하던 성훈은 그 말을 바로 알아듣지 못했다.

"뭘 샀다고?"

유정은 잠시 말이 없다가 성훈이 차에서 내리려는 찰나 단정하게 포장된 상자를 꺼내 보였다.

"개 줄이라고."

유정은 평범한 개 줄은 아니라고 덧붙였다.

"정확히 말하면 줄은 아니야. 목걸이지. 아주 섬세하게 만들어졌더라고. 가죽도 부드럽고 색도 선명하고. 도자로 만든 방울이 달렸는데 소리가 맑아."

성훈은 시동을 끄고 생각에 잠긴 채 앞을 봤다. 정면에 동물원의 매표소가 보였다. 주말인데도 관람객이 별로 없었다. 뜨문뜨문 오가는 관람객들 사이에 풍선과 솜사탕을 파는 상인이 우뚝 서 있었다.

"그런 걸 왜 사?"

성훈은 나름대로 감정을 억누르면서 말했다.

"중요한 선물인 거 알잖아."

짜증을 억누르는 성훈의 말투 때문인지 유정의 표정이 뚱했다.

"그럼 직접 고르지 그랬어. 식물성 가죽으로 만든 건

이것뿐이었어. 개를 자식처럼 아끼는 사람들이니까 당연히 좋아할 거야."

박 선배 커플이 개를 사랑하는 것은 사실이었다. 평생 동거만 할 거라는 그들에게 반려동물은 자식과 같을 테니까. 그러고 보니 유정이 박 커플과 처음 만났을 때 대화를 이어갈 수 있었던 것도 개를 키워본 경험이었다. 유정은 어릴 때부터 개를 길렀다. 아버지 때문이었다. 산에서 다리를 절뚝이는 개를 집으로 데리고 온 일을 계기로 삶을 완전히 바꾼 유정의 아버지는 가족보다 개를 더 소중히 여겼다. 어머니는 개를 구조하는 일에 사력을 다하는 아버지를 끝내 이해하지 못했고, 관계는 회복되지 않았다. 유정은 어머니와 더 오래 살았지만 아버지를 이해하는 유일한 사람이었다.

"그런 사람도 있을 수 있지. 아버지는 개에게서 뭔가를 본거야."

그 말을 기억하고 있던 성훈은 K시에 왔을 때 유정을 위해 개를 한 마리 샀다. 박 선배가 소개한 애견 숍에서 토이 푸들을 골랐다. 하지만 유정은 동물을 사고파는 행위에 동조할 수 없다며 푸들을 기르지 않겠다고 고집을 부렸고, 성훈은 어쩔 수 없이 개를 도로 데려다주었다.

그 후로 두 사람은 개를 기르는 일에 대해 이야기하지 않았다. 그런데 유정이 개 줄을 산 것이다. 부드러운 가죽으로 된, 방울 달린 목걸이를. 성훈은 그것도 좋은 선물이 될 수 있다고 생각하려 했지만 머릿속에 떠오르는 건 동네를 어슬렁거리는 잡종 개가 평생을 찼을 법한 지저분한 목줄뿐이었다.

*

 박 선배는 동물원 입구 쪽 사무실 앞에서 성훈을 기다리고 있었다. 박 선배의 품에 있던 새하얀 비숑프리제가 성훈을 보고 명랑하게 짖었다. 개는 박 선배의 품에서 나오고 싶어 발버둥 쳤지만 박 선배는 개를 내려주는 대신 서둘러 사무실 안으로 들어갔다. 사무실 안에 있던 또 다른 박이 턱에 걸치고 있던 마스크를 올리면서 두 사람을 향해 손을 흔들었다. 박 선배는 그제야 개를 사무실 바닥에 내려놓았고, 개는 기다렸다는 듯 맹렬하게 냄새를 맡으며 돌아다녔다.
 "미안해. 갑자기 오라고 해서. 성훈 씨가 조금만 도와주면 좋을 것 같아서 내가 그러자고 했어."

박 선배의 동거인이 말했다.

"무슨 일인데요?"

"아 그게…… 여기 늑대가 한 마리 있었거든. 이것 좀 벗어도 되지?"

박 선배는 쓰고 있던 마스크를 벗어 주머니에 넣었다.

"그런데요?"

"그놈이…… 도망을 갔지 뭐야."

"도망이요? 어디로 도망을 갔는데요?"

"모르지. 우리를 탈출했으니 어디로든 갔겠지."

"근데 그게 왜요?"

"내일까지 보고서를 넘겨야 하는데, 서명할 평가사가 한 명 더 필요해서."

박 선배가 동물원 평가를 맡았다는 것은 성훈도 알고 있었다. K시와 P군이 합쳐지면서 새로 평가할 곳이 많아 여러 법인이 나누어 일을 맡고 있던 터였다. 서로 다른 행정구역이 하나로 통합되면 자연스럽게 한쪽은 다른 쪽으로 편입될 수밖에 없었는데 이때 쓸모없는 시설들은 자연스럽게 처분되었다. 박 선배가 하는 일은 그 시설물의 가치를 평가해 가격을 매긴 후 보고서를 작성하는 것이었다. 보고서에 매겨진 가격에 따라 시설이 거래되고, 거래 내용은 주요한 자료로 남았다. 그들이 평가하는 대상은 주로 땅이나 건물이었지만 때에 따라 가축이나 나무, 농작물 같은 것도 될 수 있었다. 그런 것들은 값을 매기는 데 조금씩 모호한 지점이 있었고, 따라서 두 개의 회사가 함께 진행하는 방식으로 이루어졌다. 박 선배가 맡은 동물원이 바로 그런 경우였다. 박 선배는 다른 법인과 함께 동물원에 있는 나무 한 그루부터 새끼오리까지 빼놓지 않고 전부 가격을 매겼는데 작업이 거의 마무리된 시점에서 삼백만 원으로 측정된 회갈색 티베트 늑대가 사라진 것이다.

"이제 해결된 거예요?"

성훈의 물음에 박 선배와 동거인은 서로의 얼굴을 마주 보았다. 그들은 시선을 주고받더니 비밀 얘기라도 하는 것처럼 목소리를 낮추었다.

"대충은 그래."

"대충이요?"

성훈이 되묻자 박 선배가 설명했다.

"늑대를 사 오기로 했어. 어차피 똑같대. 늑대가 80프로 이상 섞여 있는 혼종 개는 늑대나 다름없다더라고."

"그래서 말인데, 성훈 씨가 서명을 좀 해줘. 어차피……."

또 다른 박이 뭔가 말하려는 찰나 동물원 직원이 사무실로 들어왔다. 세 사람은 직원이 가지고 온 서류를 보며 몇 마디 주고받았다. 직원은 늑대가 도착하면 전화하겠다는 말을 남기고 나갔다. 나가기 전에 유정을 쳐다보는 것 같았는데 마스크를 쓰고 있어 어떤 표정인지 알 수 없었다.

"뭐 틀린 말은 아니니까. 따지고 보면 늑대도 개과에 속하잖아."

직원이 나가자마자 박 선배가 성훈에게 서류를 내밀었다. 성훈은 잠시 고민했지만 결국 박 선배가 내민 서류에 서명을 했다. 그동안 도움을 받은 일이 많기도 했고 책임 평가사가 아닌 이상 일이 잘못되어도 큰 문제는 없을 것이기 때문이었다.

"커피 마실래?"

박 선배가 가방에서 캔 커피 여러 개를 꺼냈다.

"참, 의자는 어때? 잘 쓰고 있지?"

성훈은 슬쩍 유정의 눈치를 살피고 아주 좋다고 대답했다.

"그게 일본에서 만든 거라서 괜찮을 거야. 우리가 아예 날을 잡고 매장을 돌았지."

"가끔 꽂히면 그러거든. 알지? 우리 아무거나 안 사는 거."

박 선배는 성훈이 서명을 해주어서인지 표정이 밝았다.

"알죠. 좋더라고요. 중고 사이트에서는 못 구하겠던데요?"

성훈의 말에 박 선배가 웃었다.

"야, 그걸 말이라고 하냐. 그 의자는 시장성으로 평가받는 사이트에도 나올까 말까야."

"왜, 원가 방식으로 팔면 당근도 괜찮을 걸?"

또 다른 박이 말했다. 대화는 평소처럼 흘렀다. 물건에 대한 평가로 시작해 가격과 가치를 가늠해 보고, 그보다 높은 수익을 내는 방법을 이야기하는 수순. 아파트 분양권과 프리미엄, 전매 제한과 거주 의무. 성훈은 그런 대화가 좋았다. 듣다 보면 돈을 모을 수 있겠다는 희망이 생겼고 상황이 나아지리라는 낙관적인 확신이 들었다. 실제로 박 커플은 성훈이 K시에서 발판을 마련할 수 있도록 도움을 준 사람들이었다. 성훈에게 도움이 될 만한 사람을 소개하고 투자 가치가 있는 상가와 오피스텔을 함께 보러 가기도 했다. 오늘 대화의 중심은 복합 문화 공간에 들어서는 프라임 센터의 복층 기숙사였다. 박 커플은 매물이 얼마에 나왔고, 얼마에 거래되는지, 프리미엄은 얼마까지 올랐는지 조곤조곤 설명했다. 초기 계약금은 이천만 원이고, 중도금은 전부 무이자라고, 전매 제한도 없고 세금 혜택이 아주 좋다고. 그때였다, 유정이 대화에 끼어든 것은.

"그건 중요한 문제예요."

유정의 말투는 진지하다 못해 심각했다. 성훈은 의아한 표정으로 유정을 보았다.

"응? 뭐가 중요해?"

박 선배가 물었다.

"늑대냐, 개냐 하는 건 중요한 문제라고요."

유정이 또박또박 말했다. 그게 그렇게까지 이상한 말은 아니었는데 순간적으로 네 사람 사이에 묘한 침묵이 흘렀다.

성훈은 어색한 분위기를 애써 밀어내며 종이봉투에서 도자 그릇을 꺼냈다.

"참, 저희가 선물을 하나 가져왔는데……."

그릇을 본 박 커플이 동시에 경탄의 말을 쏟아냈다.

"어머! 귀여워라! 자기 이걸 진짜로 가져왔어?"

성훈이 꺼내놓은 것은 미끈하게 만들어진 청자 그릇이었다. 박 커플은 어린애들처럼 좋아하며 그릇으로 개의 얼굴을 덮으며 장난을 쳤다. 개는 발랄하게 엉덩이를 흔들면서 그릇에 코를 대고 킁킁거렸다. 유정의 못마땅한 시선이 느껴졌지만, 성훈은 끝까지 유정을 쳐다보지 않았다.

"공방도 안 하고. 유정 씨가 심심하겠네. 집에만 있으면 답답하지 않아요? 내가 괜찮은 자리 하나 소개해 줄까?"

박 선배의 말에 성훈은 유정을 쳐다보았다.

"저는 괜찮습니다."

유정은 단호하게 말을 끊었다.

"에이, 무슨 일인지 들어보지도 않고?"

"말씀은 감사하지만 지금은 할 일이 있어서요."

"유정 씨, 요즘 뭐 배워? 뭐 시작했어?"

박 선배는 호기심에 가득한 눈빛으로 유정의 대답을 기다렸다.

"늑대를 돌봐야 해서요."

유정의 대답에 박 선배의 동거인이 얼른 물었다.

"늑대? 무슨 늑대?"

그때 박 선배의 휴대전화가 울렸다. 박 선배는 입 모양을 만들어 발신인이 동물원 직원이라는 걸 알려주고 통화를 하기 위해 사무실 밖으로 나갔다. 또 다른 박과 개가 그 뒤를 따라 나갔다. 유정이 뚱한 표정으로 성훈을 보고 있었다.

"박 선배가 소개하는 거면 진짜 괜찮은 일일 텐데."

성훈이 혼잣말하듯 중얼거렸다.

"늑대를 기르려면 당분간 시간이 없을 거야."

유정의 말에 성훈이 미간을 찌푸렸다. 유정은 전에도 같은 말을 했다. 성훈이 K시에서 사람들을 사귀어보라고 권했을 때, 늑대를 길러야 해서 시간이 없다는 말 같지도 않은 말을 했었다.

"그래, 그렇지."

성훈은 허리를 곧추세웠다.

"근데 한 가지만 부탁할게. 제발 늑대를 기른다고 하지 말고 그린다고 해줘. 네가 하는 일이 마치 진짜 늑대를 기르는 일인 것처럼 말하지 말란 말이야. 넌 늑대를 기르는 게 아니잖아."

늑대를 그리다 73

"그럼?"

유정이 성훈을 똑바로 바라보았다.

"내가 늑대를 기르는 게 아니면?"

"그냥 그리는 거잖아!"

유정은 늑대를 그렸다. 열심히 그렸다. 유정은 그리는 것을 기른다고 말하길 좋아했는데, 그것은 다른 사람이 이해할 수 없는 이상한 말이었다. 물론 유정의 아버지는 늑대를 길렀다. 돌보던 개들 중에 순종 늑대가 한 마리 있다고 했다. 몇 번의 실패를 거듭한 끝에 늑대를 각인시키는 데 성공했고, 믿을 수 없지만 늑대 우리에서 잠도 잤다고 했다. 허무하게도 늑대는 얼마 안 가 그 집을 나가버렸지만. 유정의 아버지는 그렇게 공을 들여놓고 도망간 늑대를 찾지도 않았다. "힘들게 각인을 시켰는데 왜 안 찾으셨대?" 성훈이 물었을 때, 유정은 "그러고 싶으니까 그러셨겠지."라는 허무한 대답을 했다. 성훈은 그렇게 말하는 유정도, 유정의 아버지도 이해할 수 없었다.

"늑대를 기른다고? 누가?"

먼저 돌아온 박 선배가 호기심 가득한 표정으로 성훈을 보았다.

"아, 유정이요. 그림을 그리거든요. 늑대를 그린대요."

"유정 씨가 그림도 그려? 도자기 굽는 거 아니었어? 나중에 우리 미미도 한 장 그려주면 되겠다."

박 선배가 개를 끌어안았다. 유정은 그런 박 선배를 물끄러미 쳐다보았다. 성훈은 유정이 말실수라도 할까 봐 힘을 주어 유정의 팔목을 잡았고, 유정은 성훈의 악력에 화들짝 놀랐다가 어두운 표정으로 입을 다물었다.

"얼른 끝내고 램 먹으러 가자. 쇼핑몰 안에 생긴 집인데 거기가 새끼 양만 취급해서 냄새도 안 나고 좋아."

박 선배의 말에 유정이 피식 웃었다. 성훈은 박 선배의 표정이 굳을까 조마조마했다. 다행히 곧 박 선배의 동거인이 사무실로 들어왔고, 상기된 얼굴로 "왔대. 얼른 가서 보자!"하고 외쳤다.

박 선배 커플은 서류와 자동차 열쇠를 챙겨 사무실을 나갔고, 성훈은 유정의 구겨진 에코 백에 시선을 두고 잠시 앉아 있었다. 왜일까? 개를 늑대라고 부르는 것이나 그리는 걸 기른다고 하는 것, 의자가 집을 잠식시킨다고 표현하는 것도. 그러고 보니 며칠 전 유정은 전에 없이 상기된 얼굴로 늑대를 기르면 어떻겠냐고 물었다. 성훈은 당연히 그 말을 못 들은척했고, 유정도 더는 말하지 않았다.

*

집으로 돌아가는 길에 성훈과 유정은 가죽 공방에 들렀다. 낮에 왔을 때처럼 공방 앞에 차를 세우고 비상등을 켰다.

"목걸이는 주지 말자."

성훈의 말에 유정이 고개를 끄덕였다. 거기까지는 논쟁의 여지가 없었다. 문제는 다음이었다. 성훈은 목걸이를 환불하자고 했고, 유정은 그걸 갖겠다고 했다.

"도대체 왜 그러는 거야?"

성훈의 목소리가 신경질적으로 나갔다. 가방이나 신발 같은 평범한 물건이었다면 성훈도 그러자고 했을 것이다. 그러나 유정의 말대로라면 그것은 개 목걸이였고 그들에게는 필요가 없었다.

"말했잖아. 늑대를 기를 거라고."

유정이 말했다.

"또 시작이다. 늑대고 목걸이고 다 황당한 소리잖아."

"목걸이는 목걸이고, 늑대는 늑대야. 황당할 건 없어."

"좀 적당히 할 수 없어? 사람 불편하게 하는 것도 정도껏 해. 왜 자꾸 있지도 않은 걸 있다고 하는 거야? 그게 진짜 목줄인지도 모르겠다. 이런 데서 누가 개 줄을 팔아!"

성훈은 쇼윈도로 보이는 물건들을 가리켰다.

"이제 없겠지. 여기서 파는 물건은 딱 한 개씩만 있고 목걸이는 내가 샀으니까."

성훈은 마른세수를 했다. 뭘까. 목줄은 아니다. 문득 그런 생각이 들었다. 설마 그런 선물을 샀으려고. 유정은 마스크 스트랩을 샀을 것이다. 이어폰집이나 티 코스터일 수도 있었다. 자신을 화나게 하려고 일부러 저러는 거겠지. 그렇게 생각한다고 해서 마음이 가라앉는 건 아니었지만 약간은 도움이 되었다.

"그래. 그럼 일단 그 대단한 목줄이 어떻게 생겨먹었는지 보자."

성훈이 최대한 화를 누르며 말했지만 유정은 대답없이 차의 앞유리만 보고 앉아있다가 내려버렸다. 그 순간 성훈을 사로잡은 것은 분노나 짜증이 아닌 엄청난 피로감이었다. 목줄이고 늑대고 쓸데없는 생각은 집어치우고 잠을 자고 싶었다.

*

성훈은 새벽이 돼서야 눈을 떴다. 의자에 앉은 채로 잠이 든 모양이었다. 유정의 방문은 여느 때처럼 닫혀 있었다. 불빛도 새어 나오지 않았다. 무심코 손잡이를 살짝 비틀어보았는데 당연히 잠겨 있을 줄 알았던 문고리가 부드럽게 돌아갔다.

두 평 남짓한 방에는 큰 책상과 작은 책상이 나란히 놓여 있고, 공방을 정리하면서 가지고 온 짐이 쌓여 있어 빈 공간이 거의 없었다. 책상에는 붓과 색연필이 어지럽게 널려 있었고 바닥에는 정리되지 않은 수건과 옷가지, 낱장의 그림들이 아무렇게나 섞여 있었다. 어둠 속에서 몸을 말고 있는 유정은 꼭 죽은 물체처럼 보였다.

유정의 품에서 강아지가 기어 나온 것은 순간이었다. 성훈은 놀라면서도 개가 작다는 사실에 안도했다. 작은 개는 유정의 팔을 타고 넘어왔다가 다시 유정의 품으로 파고들었다. 성훈은 유정의 어깨를 살짝 흔들었지만 미동도 없었다. 팔목을 좀 더 세게 흔들어도 마찬가지였다.

유정의 품으로 손을 밀어 넣자 까칠한 뭔가가 손에 닿았다. 개의 혓바닥인 것 같았는데 생경한 느낌이 싫지 않았다. 개의 혀가 묘한 리듬을 만들어내는 동안 성훈은 그대로 있었다. 그러자 불현듯 머릿속에 오래전에 읽은 인터넷 기사 하나가 떠올랐다. 헤어진 여자 친구를 죽이고 사체와 섹스를 한 러시아 남자 이야기였다. 여자 친구의 심장이 뛰고 있을 때 칼로 찌르고 사체와 관계를 가졌다는 황당한 남자 이야기가 왜 떠오르는지 모를 일이었다. 죽은 사람하고도 섹스를 할 수 있나? 성훈은 조금 야릇한 기분에 사로잡혀 그 황당한 사건에 대해 다시 생각해 보았다. 그 순간 죽은 사람처럼 미동도 없는 유정의 몸이 기이하게 관능적으로 보였다.

격렬하게 차오른 욕망에 비해 사정은 평범하게 끝났다. 까칠한 개의 혓바닥의 리드미컬한 움직임은 멈춘지 오래이고 어둠 속에서 누군가 기분 나쁘게 바라보는 느낌만 남아 있었다. 성훈은 주섬주섬 옷을 입었다. 유정은 그제야 머리를 살짝 들어 올렸다. 몸은 그보다 훨씬 느리게 움직였는데 실루엣이 어딘지 모르게 어색하고 거칠었다.

성훈은 책상에 있는 스탠드의 스위치를 찾아 눌렀다.

스탠드는 작동되지 않았다. 대신 유정이 누워 있던 자리에서 두 개의 파란빛이 나타났다. 명백한 늑대의 눈. 어둠에 스며든 늑대의 형상이 성훈을 보고 있었다. 늑대는 서두르는 기색 없이 천천히 움직였다. 늑대가 문 앞으로 걸어가자 방문이 스르륵 열렸다. 늑대는 자연스럽게 방 밖으로 걸어 나갔다. 늑대가 사라진 자리에는 맑은 방울 소리가 남았다. 성훈은 멍한 얼굴로 소리가 나는 쪽을 쳐다보았다.

Painting
이지우

instagram.com/painting.letter

여름색, 2021, oil on canvas, 38x38cm

여름에서, 2021, oil on canvas, 38x38cm

잠깐 사이에, 2022, oil on canvas, 45.5x37.9cm

October, 2021, colored pencils, 23.5x31.5cm

세 번째

귀주의
작은 역사

✳

　나는 1963년, 열네 살의 귀주가 미국이라는 넓은 땅에서 노아의 집을 찾아 집집마다 문을 두드리고, 문틈으로 사진 한 장을 쓱 들이밀며 "이 남자를 아세요?"라고 묻는 장면을 여러 차례 상상했다. 기분이 어땠을까. 일단 하겠다고 마음만 먹으면 뭐든 해내는 영리한 소녀였으니 어디에서든 당당했을 것이다. 한국이라는 나라가 잘살든 못살든, 자신을 낳아주었든 버렸든 간에 영특한 두뇌를 가지고 세상 밖으로 나왔으니까. 귀주가 일곱 살이라는 다소 많은 나이에 입양을 가게 된 것도, 갑작스럽게 파양되고 우여곡절 끝에 시설에 맡겨졌지만 끝내 그곳을 빠져나온 것도 귀주가 영특했기에 가능한 일이었다.

"이 남자를 아실 겁니다."

귀주의 허스키한 목소리가 낯선 부부의 저녁을 뒤흔드는 순간. 집주인이 어리둥절한 표정으로 귀주를 보는 모습과 귀주가 내민 사진을 받아 들고 당황하는 얼굴을 상상하는 건 어렵지 않다. 그들이 사진을 보는 동안 귀주는 열린 문틈으로 재빠르게 집안을 훔쳐보았으리라. 낯선 물건, 낯선 공간, 오직 시선으로만 이루어진 다른 사람의 장소가 열네 살의 귀주에게는 어떤 의미였을까.

현관 앞에는 길쭉한 곡선이 눈에 띄는 커다란 화분이 놓여 있다. 화분에는 두툼한 잎을 가진 식물이 심겨 있고, 식물의 투박한 초록색 잎사귀 사이로 하얀 꽃이 활짝 피어있었다. 꽃은 그다지 예쁘지 않았지만 마치 자신이 집주인인 것처럼 아주 당당했다. 귀주는 화분 아래 깔린 격자무늬 매트와 깨끗하게 청소된 현관 바닥을 내려다보다가 은근슬쩍 거실 안을 살폈다. 가장 먼저 눈에 든 것은 커다란 피아노였다. 뚜껑이 닫힌 검은색 그랜드피아노. 어디선가 조그맣게 음악 소리가 흘러나오고, 피아노 선율에 맞춰 노래를 흥얼거리는 남자의 목소리가 들렸다. 평화로운 정적을 꿰뚫는 반복되는 후렴구. Every lovely evening. Every lovely evening. Every lovely evening. 피아노 주변에는 악보처럼 보이는 흰 종이들이 흩어져 있었는데, 그것 때문인지 직접 악보를 그려가며 노래하는 남자의 모습이 상상되었다. 노래를 불러본 게 언제였더라.

귀주는 노래를 잘했다. 목소리가 좋다는 칭찬도 자주 들었다. 한국에서도 미국에서도. 어떤 노래든 한 번만 들으면 따라 할 수 있었고, 아주 잠깐 배웠을 뿐인데도 피아노를 곧잘 쳤다. 시설로 옮긴 뒤에는 구경도 못했지만 올덤부부와 다녔던 교회에서는 피아노 반주를 맡기도 했다.

오. 지금 내 기분이 어떤지 알면서. 말로 할 수 없지만 당신은 이미 아는걸.

올덤 부부의 집에서 듣던 노래가 당장이라도 입 밖으로 터져 나올 것 같았다. 그러나 참아야 했다. 노래는 혼자 있을 때 얼마든지 부를 수 있으니까. 지금 내가 노래를 부르면 이 여자는 나를 미쳤다고 생각하겠지. 오. 지금 내 기분이 어떤지 알면서. 그 노래를 딱히 좋아한 것도 아니면서 왜 그 노래가 생각나는지 모를 일이었다. 방금 잡은 물고기처럼 팔딱거리는 노랫말을 억지로 눌러 삼키는 일은 얼마나 어려운지. 지금은 부르면 안 된다. 귀주는 마음을 다잡았다. 반드시 멀쩡해 보여야 해.

고개를 살짝 돌려 피아노 옆에 있는 갈색 벽난로를 보았다. 벽난로 위에는 금빛 훈장이 놓여 있었다. 훈장 옆에는 발레리나 도자 장식품도 있었는데 그쪽으로는 이상하게 시선이 가지 않았다. 난로는 꺼져 있었다. 귀주는 난로에 불이 활활 타오르는 모습을 상상하고 싶었으나 불가능했다. 그런 모습을 한 번도 보지 못했기 때문이다. 조금 가혹하게 말하면 따듯한 겨울을 보내본 적이 없었다. 겨울은 늘 추웠다. 올덤 부부의 집도 겨울엔 냉랭했다. 그렇게 많은 사람이 함께 살았는데 집이 전혀 따듯하지 않은 건 신기한 일이었다. 귀주에게 봄은 늦게 오는 계절이었다. 밤마다 덜덜 떨면서 이러다 진짜 얼어 죽겠다 싶을 때, 영원히 오지 않을 것처럼 사라졌다가 거짓말처럼 나타나는 계절.

"여보, 이리 좀 나와 보세요."

이윽고, 주인 여자가 남편을 불렀다. 귀주는 입가에 맴도는 이상한 노래 대신 집 안에서 흐르는 노래를 곱씹었다. Every lovely evening. 잠시 후, 방문 열리는 소리가 났다. 동시에 음악 소리가 조금 커지더니 머리가 반쯤 벗겨진 키 큰 남자가 슬리퍼를 끌며 나타났다. 남자는 호리호리했지만 배는 볼록하게 나와서 입고 있는 티셔츠의 배 부분이 살짝 당겨져 있었다.

"이걸 좀 봐요."

주인 여자가 남자에게 사진을 내밀었다. 두 사람은 문간에 선 채로 귀주가 가지고 온 사진을 들여다봤다. 자연스럽게 침묵이 내려앉았다. 아무도 움직이지 않았다. 여자는 남편의 기분을 살피려는 듯 남자의 얼굴만 쳐다봤고, 남자는-처음에 여자가 그랬듯이-사진 속 남자에게서 시선을 떼지 못했다. 어느새 음악이 멈췄고 정적이 그들을 무겁게 에워쌌다. 귀주는 아무런 움직임이 없는, 그래서 마치 한 장의 사진처럼 보이는 두 사람을 바라보았다. 옅은 회색빛이 도는 남자의 눈에서 암시적인 뭔가를 읽어낼 수 있을 것 같았지만 그러지 못했다. 세 사람은 각자의 대상에 시선을 고정한 채로 그냥 그렇게 있었다. 꼭 시간이 멈춘 것처럼 느껴졌다. 그러나 시간은 결코 멈추지 않았고, 빨라지지도 느려지지도 않았다. 시간은 기계처럼 앞으로 나아갔다. 먼 곳에서 바람이 불어와 귀주의 머리칼을 날리며 그 순간에도 시간이 흐르고 있다는 사실을 확인해 주었다.

"나는 당신들의 손녀입니다."

귀주가 먼저 침묵을 깼다. 목소리는 침착했다. 귀주는 현관 앞에 놓인 두툼한 식물의 잎과 당당하게 핀 하얀 꽃을 한번 쳐다보고는 말을 이었다.

"당신의 아들이 전쟁 중에 제 어머니를 강간하여 제가 태어났습니다."

주인 여자는 자신도 모르게 벌어진 입을 얼른 두 손으로 가렸다. 남자는 입을 가리지는 않았지만 주름이 선명하게 보일 정도로 인상을 썼고, 고집스럽게 사진을 들여다봤다.

"당신들은 제가 손녀가 아니라고 생각할지도 모르지만, 그것은 당신들의 생각일 뿐이고, 당신들이 아는 것은 당신들의 생각과 다릅니다. 당신들은 내 말이 무슨 뜻인지 이미 알고, 나는 당신들이 그렇다는 것을 압니다."

그들은 귀주의 입에서 나온 말을 어디까지 믿었을까. 믿긴 믿었을까? 손녀라니? 강간은 또 무슨 말이고. 만약 진짜 손녀가 찾아올 예정이었다면 아들이 무슨 말이든 해주었겠지. 어떻게 이런 식으로, 아무런 예고도 없이 찾아올 수 있지?

두 사람은 뭔가 말할 것처럼 끙 소리를 내며 입을 떼었지만 실제로 말을 하진 않았다. 낮고 고요한 침묵이 다시 한번 그들을 에워쌌고, 모든 것이 일순 정지되면서 시간의 흐름이 갑자기 달라지는 느낌이 들었다. 귀주가 다시 입을 열었다. 그리고 그때부터, 말은 멈추지 않고 흘러나왔다.

"저는 1952년, 한국의 국경 지역에 있는 작은 마을에서 태어났습니다. 아직 전쟁이 한창이었지요. 제가 태어난 집은 마을과 외떨어진 산속에 있었습니다. 이상하게도 어떤 기억은 전혀 없는데, 어떤 기억은 무서울 정도로 선명해요. 뜨거운 볕 아래 말려놓은 호박과 그 주변을 윙윙대며 날아다니던 시커먼 파리 떼를 빤히 바라보던 오후의 시간 같은 것이 그렇습니다. 특히 여름은 더 시끄럽고 바빴습니다. 제 어머니는 늘 일을 했어요. 낮에는 하루 종일 밭일을 하고, 밤에는 바느질을 했습니다. 어머니에게 일을 맡기는 사람들은 마을 여자들이었지요. 그들은 일을 맡기러 왔다가 한참 동안 이야기를 나누고 돌아가곤 했습니다. 어머니가 죽은 뒤로 그 먼 곳까지 바느질을 맡기러 찾아가는 사람은 없었을 거예요. 어머니는 제가 여섯 살이 되던 해에 우물에 빠져 죽었습니다. 배 속에 아이가 또 생겨서 그런 거라고 하더군요. 어머니를 찾아왔던 마을 여자들이 장례를 치러주었어요. 그중에 저를 데리고 간 여자가 있어요. 그 여자는 망할 우물을 치워버려야 한다고, 우물에 빠져 죽을 짓을 한 건 남자인데 빠져 죽은 건 여자라고 빽 소리를 질렀어요. 저를 꼭 끌어안고서요."

이제 부부는 더 이상 사진을 보지 않았다. 그들은 귀주의 입에서 또 어떤 말이 나올지 두려워하는 표정으로 그녀의 얼굴을 봤다. 귀주는 잠깐 머뭇거렸다. 그러지 않을 수도 있었는데 왠지 그래야 할 것 같은 느낌이 스쳤고, 지금껏 그래왔듯이 느낌대로 했다.

"그런데, 우물이 뭔지 아세요? 한국에는 우물이 있습니다. 샘하고는 다른, 사람이 빠져 죽는 우물이 있지요. 제가 살던 마을에도 우물이 있었습니다. 저를 마을로 데리고 간 여자는 며칠 뒤에 다시 산으로 올라가 어머니가 빠져 죽은 우물을 막아버렸습니다. 그 일 때문에 약간의 소란이 있었지만 여자는 당당했어요. 저를 자기 집으로 데리고 갔을 때도 그랬죠. 같이 살던 여자들이 처음부터 저를 반겨준 건 아니었지만 그래도 먹을 건 잘 챙겨줬어요. 그들은 제 모습이 얼마나 달라질까 늘 궁금해했어요. 애는 진짜 키가 클 거야. 가슴도 우리보다 크겠지? 눈 색깔은 진해도 머리카락이 금색이니까 괜찮을 거야. 특히 외모에 관심이 많았어요. 그럴 나이였죠. 미래를 향해 손을 뻗고 앞날로 나아가는 나이. 그들이 늘 희망에 차 있던 것은 아니지만 제 미래를 이야기할 땐 왜 그런지 목소리에 힘이 들어갔습니다. 그들은 절 가수로 키우겠다고 했어요. 순회공연을 하는 유명한 가수로 키워서 아버지를 만나게 해주겠다며 '홍콩 아가씨'라는 노래를 가르쳐주었는데, 제가 한 소절만 따라 불러도 자지러지게 웃으면서 칭찬했어요. 노래를 참 잘하는 애라고요."

말은 계속 나왔다. 오랜 시간 케이지에 갇혀 있던 새가 풀려난 것처럼 활기차고 자유롭게 쏟아지는 이야기였다. 귀주도 자신이 그렇게까지 긴 이야기를 쏟아내리라고는 예상하지 못했지만, 이야기는 한 곡의 노래처럼 자연스럽게 이어졌다. 말을 멈추려고 하면 할수록 더 많은 이야기가 생각났다. 어머니와 여자들. 여자들과 바느질. 바느질과 노래. 햇빛 아래서 펄럭이는 빨래들. 귀주는 말을 하면서 서로 다른 힘을 동시에 느꼈다. 말을 멈추고자 하는 힘과 말을 계속하고자 하는 힘. 두 가지 힘은 놀라울 정도로 균형을 이루면서 귀주로 하여금 오랫동안 잊고 지냈던, 이제는 희미해진 기억마저 끌어 올렸다.

"그들은 누구에게나 친절했습니다. 이게 가장 놀라운 일이지요. 그렇게 고단하게 살면서도 누구에게나 친절했으니 말입니다. 그렇게 이상한 일은 아닙니다. 대단하다는 생각은 들지만요. 그때는 더 놀랄 일도 많았으니까요. 누군가 대통령을 저격하려다가 실패하고, 하루에도 몇 번씩 간첩이 잡혔다는 소식이 들렸지요. 간첩으로 잡힌 사람들은 대체로 처형을 당했는데, 그들이 죽은 뒤에는 진짜 간첩이 아니었다는 사실이 밝혀지는 일도 허다했어요. 그러던 어느 날, 여객기가 북한에 납치되었다는 의문의 사건이 신문에 났어요. 여자들은 그 사건에 뜨거운 관심을 보였어요. 자신들도 언젠가 비행기를 타게 될 거라고 믿었기 때문일까요. 제 입양이 결정된 것도 그쯤입니다. 애가 정말 비행기를 탈까? 나도 비행기 타고 싶다. 미국 땅을 밟게 될까? 나도 미국에 가고 싶어. 확실한 것은 없었습니다. 다만 모든 일이 걷잡을 수 없이 빠르게 흘렀고, 운과 불운이 절묘하게 겹치면서 어떤 일들이 계속 일어났습니다. 올덤 부부의 갑작스러운 입양 결정이 아니었다면 제가 당신들을 찾아올 일도 없었겠죠. 그건 그냥 우연히 생긴 일이었어요. 불쑥 결정된 일. 올덤 부부는 저를 입양하기로 결정했던 것만큼이나 갑작스럽게 파양을 결심했습니다. 그들은 미안하다고 말했고, 저는 괜찮다고 대답했어요. 이상하게도 마음이 편했지요. 예정된 일이라는 생각까지 들었으니까요. 다행히 1년 동안 저는 말을 많이 배웠고, 키도 자랐어요. 올덤 부인은 교회에서 피아노를 배울 수 있도록 해주었고, 저는 곧잘 했는데 신기하게도 올덤 부부의 집을 떠나자마자 제 손은 피아노를 잊기 시작했어요. 마치 상황이 변했다는 것을 몸이 스스로 아는 것처럼. 그건 좋은 일이었어요. 어차피 다른 일을 해야 했으니까요. 저는 주로 칼질을 했어요. 감자나 당근같이 딱딱한 채소를 깎았죠. 나무를 깎을 때도 있었고요. 어디에 쓰일지도 모르는 쇳덩이를 옮기는 날도 있었습니다. 어떤 날이든 밤에는 바느질을 했어요. 어머니가 쓰던 반짇고리를 가지고 있었거든요. 어머니가 만든 조각보를 포함해 많은 물건을 잃어버렸지만, 반짇고리는 제 소지품 안에 그대로 있었어요. 바늘이고 실이고 신기하게도 모든 것이 온전하게 남아 있었죠. 그때 깨달았어요. 반짇고리가 진짜 살아 있는 건 아니지만 이렇게 끝까지 남아 있다는 건 생명이 있다는 반증이 아닐까. 생명이 있는 뭔가가 곁에 있는 건 감사할 일이다. 무섭고 두렵고 꼼짝없이 죽을 것 같은 상황에서도 반드시 살아남아 이야기를 만들어내는 사물이 있다는 건……. 거기에 마땅한 이름이 있는지 모르겠지만 전쟁 때문에 엉망진창이 된 남한 땅에도 많은 것이 남았어요. 대표적으로 제 어머니가 있습니다. 진짜 어머니는 죽었지만 살아남은 여자들이 있어요. 죽은 어머니도 있지만 살아남은 어머니도 있다는 말입니다. 제게는 그런 어머니가 많습니다. 그래서 더욱더 아버지를 찾아야 해요. 누군가는 책임을 져야 하니까. 책임은 중요하잖아요. 책임……이요."

귀주는 아래로 향해 있던 눈을 들어 두 사람을 쳐다보았다.

"당신들도 그걸 모르지 않잖아?"

주변에 어둠이 내려앉았고 바람도 서늘하게 바뀌고 있었다.
"일단 안으로 들어오세요."

주인 여자의 말에 귀주는 긴 숨을 내뱉었다. 안 그런 척했지만 심장은 요동쳤고, 너무 긴장한 나머지 손끝이 달달 떨렸다. 여자는 미지근한 물을 한 잔 내주며 귀주를 향해 미소를 지어 보이려 애썼다. 귀주는 평온한 표정을 되찾고, 여자에게 웃음을 되돌려준 다음 물을 마셨다. 한 모금, 두 모금, 세 모금. 물은 순식간에 사라졌다. 빈 유리컵을 보고서야 귀주는 자신이 며칠 동안 제대로 된 음식을 먹지 못했다는 사실을 깨달았다. 주인 여자는 물을 한 잔 더 내다주고 물었다.

"여긴 어떻게 찾았어요?"

두 번째 잔을 천천히 비운 귀주는 또박또박 연습한 대로 말했다.

"올덤 부부가 저를 도와주셨습니다."

올덤 부부요? 귀주는 그들이 그렇게 물어주길 바랐다. 만약 그렇지 않더라도 자신의 말을 끝까지 경청해 주었으면 했다. 처지는 안타깝지만, 우리도 어쩔 수가 없네요. 사진 속 남자는 우리도 모르는 사람이에요. 지금 와서 책임을 물을 수 있는 문제가 아닙니다. 문을 닫을 때, 사람들은 비슷한 얼굴이 되었다. 나는 모른다는 표정. 나하고는 상관없는 일이라는 제스처. 만약 그들이 다른 표정을 짓는다면, 뭔가 다른 말을 한다면 어떻게 될까. 귀주는 늘 궁금해했던, 그러나 지금껏 한 번도 마주한 적 없는 기이한 상황 앞에서 많은 여자들의 얼굴이 떠올랐다. 동네 우물을 못 쓰게 만들어버린 여자와 귀주를 미국 땅으로 데리고 온 올덤 부부. 하루 종일 청소와 빨래와 부엌일을 하면서 기를 쓰고 아이들을 돌보던, 올덤 부부가 고용한 두 명의 어린 보모. 그리고 길에서 만난 이름도 모르는 여자들. 귀주는 그들 모두의 이야기를 알았다. 주인 여자에게 그들의 이야기를 들려주고 싶었다. 그러나 어떻게? 어디서부터 이야기를 해야 할까. 가능성을 넌지시 내비쳐야 했다. 사진 속 군인 중에 당신의 아들이 있으니 그가 귀주를 태어나게 했을지도 모른다는 가능성.

그때 여자가 조심스럽게 물었다.

"배는 안 고파요?"

그러고는 귀주가 생각지도 못한 말로 이 기이한 상황을 연장시켰다.

"저녁 먹고 가세요. 어렵게 생각하지 말고요. 그냥 식사일 뿐이에요."

여자는 부엌으로 들어가기 전에 귀주를 돌아보며 방긋 웃었다. 아까처럼 애쓰는 미소가 아닌 지긋하고 느긋하게 퍼지는 웃음이었다. 그 웃음은 귀주에게 도움을 주고 싶어 했던 여자들의 미소와 비슷했다. 그런 미소를 지을 때, 여자들은 곁에 있는 남자를 의식하지 않았다. 적어도 그 순간만큼은 그랬다.

"노아도 그러길 바랄 거예요."

그 순간은 강렬한 장면으로 귀주의 머릿속에 남았다. 결정적인 기억으로 남아 귀주에게 역사적인 힘을 행사했다. 정확히 어떤 힘이 어떻게 발휘되는지 설명할 길은 없다. 왜냐하면 역사는 각자 지니고 가는 것이고 늘 조금씩 변하니까. 중요한 것은 그들이 노아가 지나온 과거의 한순간을 공유했다는 것, 그들이 공유한 시간이 이야기가 되었다는 것이다. 장소가 되고 목소리가 되었다는 것. 귀주가 진짜 노아의 딸인지 아닌지는 중요하지 않았다. 중요한 건 그들이 함께 노아의 이야기를 한다는 것이고, 그런 시간이 존재하는 것이었다. 그런 순간은 짧지만 최종적으로는 영원한 힘을 행사한다는 점에서 중요할 수밖에 없었다. 그것이 귀주의 작은 역사다. 귀주는 노아와 그의 부모님이 20년 넘게 사용한 식탁 앞에 앉아 10년 넘게 사용한 식기로 식사를 하고, 노아가 쓰던 유리잔에 물을 따라 마셨다.

*

어렸을 때 노아는 선생이 되고 싶었다. 역사 선생이 되리라는 구체적인 계획을 세우고 도움이 될만한 책을 골라 읽었다. 그 계획은 1951년, 한국전쟁에 참전하면서 폐기되었는데, 따지고 보면 그건 전쟁에 나가기 전에 이미 정해진 일이었는지도 모른다. 당시 분위기를 생각하면 참전 자체가 그렇게 특별한 일은 아니었다. 많은 친구가 전쟁에 나갔거나 나갈 것이었고, 조국을 위해 몸을 내던지는 일을 당연하게 여겼다. 군인이 필요한 시대였다. 많을수록 좋았다. 그는 아버지가 미국으로 오기 전 전쟁에 나갔었다는 사실을 알았고, 그 사실을 크게 의식한 건 아니지만 자랑스럽게 생각했다. 군대에서 전투기를 몰고, 미사일을 쏘고, 부대를 돌아다니며 맹활약함으로써 제대할 때 받은 훈장이 세 개나 된다는 사실을. 그 훈장은 거실 벽난로 위에 놓여 있었다. 원래는 제복에 달린 것이었는데 아버지가 그걸 떼어다가 손수 액자를 만들어 거실에 전시해 놓은 것이다. 노아가 어렸을 때, 집에 손님이 오면 아버지는 사람들이 요구하지 않아도 훈장 액자를 가까이서 보여주곤 했다. 그러나 노아는 그런 훈장보다 군인으로서 역사를 바로잡는 데 힘을 보탰다는 사실이 자랑스러웠고, 그런 사람이 되고 싶었다.

노아는 '일반 분류 테스트'라는 시험을 치렀다. 시험 점수를 기준으로 군별로 배치되었다. 열아홉. 건강 상태는 좋았다. 1951년 4월, 일본까지 가는 동안 멀미 한 번 하지 않을 정도로. 옆에 있던 군인이 하나둘 갑판으로 뛰쳐나가 웩 소리를 내며 토할 때에도 그는 멀쩡하게 앉아 앞으로 전쟁터에서 벌어질 일들을 상상했다. 전에 한 번도 배를 타본 적이 없음에도 파도의 울렁임이 익숙했고 바닷바람도 역하게 느껴지지 않았다. 많은 군인이 출렁이는 바닷물에 구토를 하고 나서 얼빠진 얼굴로 욕을 해댔다. 그들이 거침없이 욕을 하는 동안 배는 일본의 항구에 도착했고, 육지를 밟을 새도 없이 인천행 배로 갈아탔다. 인천행 배에 오르자마자 갑판에 정렬해 선 다음 M1 소총을 전달받았다. 그때 노아의 앞에 있던 군인이 퍽 소리를 내며 바닥에 쓰러지는 일이 일어났다. 가방이 갑판 끝으로 쭉 미끄러졌다. 노아는 그가 들것에 실려 배에 마련된 임시 병실로 옮겨지는 것을 가까이서 지켜보았다. 그리고 인천에 도착하기 전에 그 군인이 응급처치로 맞은 링거액이 잘못되는 바람에 죽었다는 이야기를 들었다. 노아는 철모를 바로 쓰고 소총의 차가운 표면을 어루

만졌다. 배는 자욱한 안개를 뚫고 예정된 항구에 정박하는 중이었다.

새로운 땅, 새로운 시간, 새로운 역사…….

여기에 왜 온 거지? 문득 바보 같은 질문이 스쳤고, 그러자 그가 싫어하는 기억 하나가 불쑥 튀어 올랐다. 총이나 전쟁, 죽음과 전혀 상관없는 기억이었다. 뭔가를 의식하기도 전에 기억이 먼저 머리를 뚫고 나오는 기이한 경험. 그 기억은 전쟁과 동떨어져 있는 것 같지만, 전쟁을 비롯한 모든 상황이 그날의 기억에서 비롯되었다는 생각을 노아는 나중에, 비 오는 날 숲에 드리워진 짙은 그림자를 보면서 하게 된다.

열여섯 살 때 노아는 아이스크림 가게 외벽에 페인트칠하는 아르바이트를 했다. 오랜 세월 쌓여온 낙서들을 흰 페인트로 덮는 작업은, 아버지가 다니는 페인트 공장의 직장 동료가 소개한 일이었다. 벽은 두 면이었고 각각 세로 2미터, 가로 3미터가량 되었다. 노아는 어머니가 챙겨준 흰 수건을 목에 두르고, 두툼한 붓으로 더러운 벽을 꼼꼼하게 칠해 나갔다. 사람들이 끼적인 낙서를 가차 없이 지우면서 노아는 무슨 생각을 했을까. 당연히 일당에 대해 생각했다. 돈을 받으면 뭘 할까. 책을 살까. 신발을 살까. 어머니에게 드리면 저축을 해주시겠지? 작은 돈을 모아 큰돈을 만드는 상상은 항상 그를 즐겁게 만들었다.

"노아 번스타인."

그때 누군가 노아의 이름을 불렀다. 뒤를 돌아보니 역사 선생이 서 있었다. 그는 늘 화가 나 있는 표정으로 돌아다녔는데, 그것은 근엄함과는 거리가 멀고 뭔가에 짜증이 난 것 같은 느낌에 가까웠다. 그날도 역사 선생은 커피를 손에 든 채 잔뜩 인상을 쓰고 있었다. 희미하게 위스키 냄새가 났다. 노아는 가볍게 인사를 건네고 다시 페인트를 칠하는 일로 돌아왔다.

"네 놈이 멋대로 역사를 지우고 있구나."

역사 선생이 말했다. 노아는 그를 별로 좋아하지 않았다. 역사 선생도 노아를 좋아하지 않았다. 그는 노아뿐 아니라 모든 학생을 좋아하지 않았다. 가르치는 일이 직업이면서도 학생들과 이야기하는 걸 극도로 싫어했고, 어쩌다 대화가 길어지면 몸에 통증을 느끼는 것처럼 괴로운 표정을 지었다. 게다가 그는 학생들에게 관심이 너무 없어서 걸핏하면 이름을 잘못 부르거나 철자를 틀리게 적었다. 자신의 실수에 관대한 것과 달리 학생들의 사소한 말실수도 용납하지 않았고, 걸핏하면 엉뚱한 질문을 던져 학생들을 난감하게 만들었다.

"사자굴에 갇힌 대니얼이 어떻게 살아 나왔는지 아는 사람?"

자신의 질문이 수업 내용과 무관하더라도 대답하지 못하면 혀를 끌끌 찼다.

"대니얼이 얼마나 뛰어난 재상이었는지 모른다고? 아무도? 어쩌다가 이런 쓸모없는 것들만 모였을까!"

그는 호시탐탐 화를 분출할 기회를 엿보는 사람 같았고 조금이라도 노여운 기분이 들면 참지 않았다. 그가 히스테릭한 분노를 한바탕 뿜어내고 나면 교실은 찬물을 끼얹은 것처럼 고요해졌고, 그러면 어김없이 '사말'에 대한 이야기가 나왔다. 인간의 마지막 질문에 대한 교리. 그가 신실한 신자였던가. 노아는 알 수 없었다. 그는 한 번도 노아를 호명하거나 지목해 질문을 한 적이 없고, 노아와 개인적으로 면담을 한 적도 없었다. 노아의 역사 점수가 다른 학생들보다 월등히 높고 지식이 풍부했음에도 칭찬은커녕 이름 한 번 제대로 부르지 않았다. 그는 노아를 무시했다. 노아뿐만 아니라 같은 반에 있는 몇몇 학생에게도 그랬다.

"노아 번스타인."

그런 그가 그날은 노아의 이름을, 성까지 포함해 똑바로 호명했다. 노아는 페인트칠하던 손을 멈칫했다가 이내 다시 놀렸다. 그에게 대꾸를 하지 않으면 앞으로 학교생활이 어떻게 될까. 지금보다 어려워질까? 공부에 방해가 될까? 그렇지만 역사에 대해서는 책에서 더 많이 보고 배우는데. 노아는 할 일이 있는 것이 다행이라는 생각으로 열심히 움직였다. 이제 더 칠할 벽은 얼마 남지 않았다. 노아는 붓을 최대한 평평하게 펴서 페인트의 얼룩이 남지 않도록 마지막까지 정성을 들였다.

"넌 평생 그런 일을 하게 될 거다. 위대한 역사를 속이는 일."

역사 선생이 가까이 다가왔다.

"노아 번스타인."

그래도 노아가 계속 페인트칠에 열중하자 그는 들고 있던 커피를 하얀 벽에 던지듯이 쏟아부었다. 갈색 커피가 흰 벽에 부딪혔다가 질질 흘러내렸다. 역사 선생은 흘러내리는 커피를 멀뚱히 바라보았다. 마치 자기가 한 일이 아니라는 듯이. 노아는 이 상황을 어떻게 하면 좋을지 알지 못했다. 지금까지 노아의 머릿속을 채우고 있었던 일상적인 것들, 일당이라든가, 저축이라든가 하는 개념들이 단숨에 깨지면서 몸이 굳었다. 노아는 그가 곧 화를 내리라는 것을 알았다. 그것은 일종의 수순으로 언제나 가까이 있는 사람-대체로 학생들-을 두렵게 만들었다.

그때 마침 아이스크림 가게에서 사람들이 나왔다. 아이스크림콘을 손에 든 젊은 여자들은 화기애애하게 이야기를 나누면서 노아와 역사 선생이 있는 곳으로 다가왔다.

"새 벽화를 그리나 봐요?"

여자들이 호기심 어린 표정으로 노아와 역사 선생을 쳐다보았다. 역사 선생은 그들이 보이지 않는 것처럼 입을 꾹 다문 채로 흰 벽만 노려보고 있다가 조금 뒤에 또 다른 손님, 군복을 입은 건장한 청년들이 손을 흔들며 다가오자 갑자기 몸을 홱 돌려 길 건너편으로 도망치듯 뛰어갔다.

노아는 그날 밤 자신이 당한 수모에 대해 곱씹었다. 수치심과 치욕. 매질을 당한 것도 아니고, 뺨을 맞은 것도 아니었지만 그보다 더한 치욕감이 뒤늦게 뜨끈하게 올라왔다. 처음에는 흰 벽에 끼얹어진 커피의 잔상이 떠다니다가 점차 그가 한 "넌 평생 그런 일을 하게 될 거다."라는 말이 또렷하게 살아났다. 처음엔 의아했고 나중엔 화가 났다. 노아는 며칠간 학교에 가지 않았다. 전처럼 열심히 공부하는 대신 페인트를 들고 더러운 벽을 찾아 지우고 돌아다녔다. 노아는 그런 행동이 자신의 미래에 어떤 영향을 미치게 될지 몰랐지만 어떤 식으로든 영향을 미치리라는 것은 예감했다. 그런 일들이 있다. 과거와 현재와 미래를 망라해서 어떤 영향력을 행사하는 괴짜 같은 경험. 기껏해야 삶의 한 부분을 형성하는 짧은 시간일 뿐인데 통제할 수 없는 감정으로 기분 나쁜 영향력을 행사하고, 마치 살아 있는 것처럼 삶을 지배하려고 뻗대는 강력한 힘을 지닌 경험 말이다.

노아와 달리 부모님은 그 일을 대수롭지 않게 여겼다. 커피를 쏟은 건 무례한 행동이지만 다른 뜻은 없었을 거라고. "실수였을 수도 있잖니." 노아의 어머니는 자기 식대로 역사 선생의 행동을 받아들였고, 아버지도 마찬가지였다. 노아가 역사 선생이 되길 그만두고 페인트공이 되어 돌아다니는 것이나, 한국전쟁에 자원한 일을 결코 그 일과 연결 지어 생각하지 않았다.

노아가 참전하겠다고 알렸을 때, 부모님이 가장 큰 의미를 둔 것은 가난한 나라를 돕기 위해 위험을 무릅쓴 아들의 용기였다. 그들은 자랑스러운 아들의 결정을 지지

했다. 어머니는 부엌 서랍장과 거실 탁자 위에 성경책을 준비해 놓고 틈날 때마다 아들을 위해 기도했다. 아버지는 한국이라는 나라가 어디에 있는지도 몰랐지만 사람들을 만나면 노아가 공산주의자들의 침략을 막기 위해 싸우러 나갔다는 이야기를 자랑스럽게 입에 올렸다. 그는 미국이 한국을 위해 싸우는 것은 추상적인 정의의 원칙에 의한 것이 아니라, 자신들이 선택한 정부에서 자유롭게 살려는 개인의 권리를 위해서라고 말했다. 처음엔 생각에 잠겨 진지하게 말하다가 나중엔 대수로운 감정 없이 습관처럼 말했다. 착한 일을 하면 천국에 가고 나쁜 일을 하면 지옥으로 떨어진다는, 무책임한 말을 할 때처럼. 노아의 어머니는 아들이 무슨 짓을 해도 상관없으니 살아 돌아오기만 하라고 버릇처럼 중얼거렸다.

그리고 1953년, 노아는 살아 돌아왔다. 다친 곳 없이 멀쩡한 모습으로 돌아왔다. 노아의 어머니는 이제 노아가 좋은 일자리를 구하고, 좋은 여자를 만나 결혼할 일만 남았다고 생각했다. 노아의 말수가 전보다 줄어들고 멍하니 앉아 있는 시간이 많아졌다는 것을 모르는 건 아니지만 살아 돌아왔으니 그것만으로도 감사할 일이 아닌가. 사소한 문제들은 시간이 해결할 것이었다. 시간이 해결하는 건, 언제나 그렇듯 사람이 할 수 있는 것보다 많았다.

노아의 아버지는 여전히 페인트 공장에서 일했다. 달라진 게 있다면 시끄럽게 돌아가는 현장이 아닌 사무실로 자리를 옮겼다는 것 정도였다. 페인트가 필요한 곳에 전화를 돌려 영업을 하는 것이 그의 업무였는데, 전에 하던 일보다 적성에 맞았다. 사무실이라고 해서 공장의 소음과 완전히 분리되는 건 아니지만, 일에 집중할 수 있을 정도로 멀리 떨어져 있었다. 그것은 마치 아들이 이상해진 것은 알아챘지만 신경 쓸 필요는 없는 거리와 비슷했다. 그는 자신이 해야 하는 걱정과 염려와 기도를 아내가 대신한다고 믿었고, 실제로 그랬다. 노아의 어머니는 누구보다 열심히 아들의 상태를 살피고, 기분을 맞추고, 아들이 사회에 적응할 수 있도록 상담사와 의사와 목사를 돌아가며 집으로 불러들였다. 그럴수록 노아는 페인트칠에 열중했다. 며칠씩 집을 떠나 있기도 했고 몇 달씩 방안에 틀어박히기도 했다.

"시간이 필요해요."

노아가 한 말은 그게 다였다. 시간이 필요하다는 말. 간청하듯 자신을 떼어내는 노아를 보며 어머니는 상처를 받았다. 제대 직후 누구보다 어른스러워 보였던 아들이 어린 중학생으로 돌아간 것만 같아 두렵고 불안했다. 깊은 우울감이 지배하는 길고 지루한 시간이었다. 그런 노아를 방 밖으로 끌어낸 것은 전혀 뜻밖의 일이었다. 또 한 번의 전쟁. 먼 나라에서 일어난 전쟁은 노아를 벌떡 일으켜 세웠다. 전지전능한 하느님이 앉은뱅이의 다리를 고친 것처럼.

누구보다 강한 인내심을 발휘해 아들의 상태를 살폈던 노아의 어머니는 아들이 제 발로 다시 전쟁터로 들어간다는 사실을 받아들일 수 없었다. 또 전쟁이라니! 너는 두려움도 없니! 아버지는 아무 말도 하지 않았다. 노아의 아버지에게 모든 전쟁은 규모도, 명분도, 상징도 달랐기에 필요하다면 치러야 하는 일이었다. 노아의 어머니에게 전쟁은 다 똑같았다. 전쟁은, 전쟁일 뿐이었다. 살아남기 힘든 곳. 모두를 죽이는 곳. 백해무익한 일.

"거긴 가면 안 된다. 여기에 남아 있어야 해."

어머니의 만류에도 불구하고 노아는 떠났다. 노아의 어머니는 노아가 떠나고 나서야 또 한 번 전쟁이 일어났다는 사실을 받아들였다. 제멋대로 땅을 휘젓고, 집과 사람과 동물을 뒤집어놓는 그 이상한 일이 다시 일어난 것이다. 희한한 것은, 노아가 떠나면 금방이라도 절망에 휩쓸려갈 것 같았던 기분이 오히려 평온해졌다는 것이다. 모든 것이 제자리로 돌아온 것처럼 일상이 질서정연해지고, 기이한 차분함이 자리를 잡았다. 불안도 걱정도 없는 상태. 집은 다시 안식과 휴식을 주는 평범한 곳이 되었다. 노아의 어머니는 노아의 부재에 안도한다는 사실을 부인했으나 몇 년 뒤, 노아가 보낸 편지를 읽으며 아들이 완전히 멀어졌음을, 집에 있을 때조차 이미 뚜벅뚜벅 걸어서 멀어지고 있었음을 인정했다. 그녀는 노아가 쓴 장문의 편지를 수십 번 읽고도 아들의 마음을 헤아릴 수 없었다.

죽음의 공포를 유보하는 것은 구원에 대한 희망 때문이지만, 그것 역시 죽음을 의미할 뿐입니다. 저는 죄를 지었습니다. 죄를 지었어요. 책임을 져야 합니다.

편지 말미에는 애매하게 죄를 고백하는 대목도 있었는데, 그 문장은 너무 모호해서 몇 번을 읽어도 그것이 의미하는 바를 정확하게 알 수 없었다. 다만 그런 말을 입 밖으로 내진 않았지만, 어쩌면 아들에게는 그곳이 집보다 나을 수도 있겠다는 놀라운 생각을 했고, 그런 생각이 터무니없다는 걸 알기에 가슴이 미어졌다.

그녀는 편지를 자주 꺼내 읽었다. 노아가 한국에 있을 때 성경책을 읽던 것처럼 습관적으로 편지를 펼쳤다. 구체적인 정황을 파악하지 못한 부분에서는 상상의 힘을 발휘해 슬픔을 느끼려고 노력했다.

아들의 빈자리를 통해 마음 깊숙하게 울리는 슬픔을 경험했기 때문일까. 낯선 소녀가 현관문을 두드렸을 때, 당돌한 표정으로 사진을 내밀었을 때 알 수 없는 연민에 사로잡힌 것으로 모자라 기이한 책임감을 느꼈다. 시간을 훌쩍 뛰어넘어 일어난 두 가지 사건, 노아가 나가고 귀주가 온 것이 그녀에게는 일종의 계시로 받아들여졌다. 떠나는 사람이 있으면 돌아오는 사람이 있기 마련인 순환의 고리. 당연하고 공평한 일. 불가능한 것 같지만 강렬하고 분명한 감정이었다. 누구나 받아들여야 하는 일. 그런 일은 인간을 무력하게 만드는 커다란 힘에 의해 촉발되어 예측하기 어려운 방향으로 흘렀고, 그 흐름 속에서 세상의 작은 역사가 태어나고 죽었다. 어떤 것은 일시적으로, 어떤 것은 오래. 그러나 최종적으로 남는 것은 먼지처럼 가벼운 흔적일 뿐이고, 그 흔적은 작은 역사를 만드는 현재이자 과거, 어떤 순간에는 미래도 있겠지만, 그 이상도 이하도 아니었다.

Painting
이 수 진

instagram.com/2sujiiin

Ghost, 2020, oil on linen, 24.2×33.4cm

Hypnosis, 2021, oil on linen, 22×27.3cm

Largo, 2021, oil on linen, 22×27.3cm

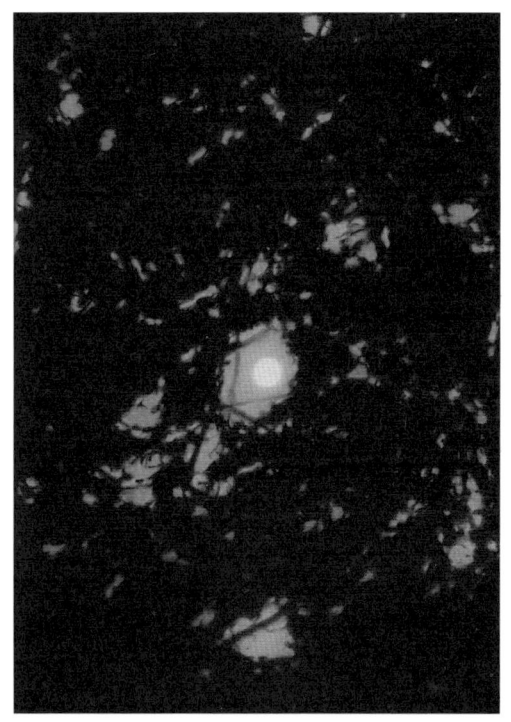

Trees, 2019, oil on linen, 22.7×15.8cm

작가 에세이

가장
행복한
곳으로

※

　행복이라는 단어에 반감을 품던 시절이 있었다. 반감이라니. 다른 것도 아닌 행복에? 그랬다. 어느 한 곳이 단단히 꼬인 사람만이 지닐 수 있는 특이한 시선이 나를 강렬하게 지배하던 시절이었다. 희미한 뉘앙스는 있을지언정 정확함이나 실체가 결여된, 오직 추상으로 존재하는 언어로 무엇을 겨냥할 수 있을까? 이른바 '느낌'이라는 모호한 개념일수록 그것을 설명하기 위한 구체적인 언어가 필요한 것이 아닐까. 살짝 비틀린 의문과 회의감으로 행복이라는 단어를 사용할 땐 늘 주저하고 고민하면서 다른 말을 찾으려 했다. 더 정확한 표현. 더 확실한 단어.

당연한 말이지만 행복을 표현하기에 행복보다 정확하고 확실한 언어는 없다. 누군가 "행복하다"라고 하면, 우리는 손쉽게 둥글고 밝고 복된 기운을 전해 받는다. 행복이라는 단어가 품고 있는 은근한 기쁨과 귀한 만족감, 어둠 속에 환한 빛이 드리워질 때 느끼는 마음 놓임과 다행스러움. 이 모든 게 얼마나 좋은지 알면서도 소설 속 인물들에게 행복의 형상을 투영한 적이 별로 없다. 그들은 늘 운이 없고, 의도치 않은 상황에서 허우적대고, 골치 아픈 일에 휘말리느라 '행복'이라는 추상적인 개념을 자신의 언어로 만들 여력이 없었(을 것이)다. 어쩌면 예전의 나처럼 행복이라는 단어에 반감을 품을지도 모르겠다. 그들은 나와 많은 부분 닮았고, 그 사실은 놀랍지도 않으니까. 놀라운 것은 불운의 한가운데 내던져진 그들이 이제 와서 행복한 곳에 가닿았길 바라고 있는 나의 마음이다.

그들이 행복한 곳. 그곳이 어디일까.

나로선 알 수 없다. 다만 그들이 속한 세계에 그림을

주고 싶었다. 나에게 의미가 있고, 위로가 되는 것. 시간이 켜켜이 쌓여 있는, 아무도 모르는 이야기가 겹겹이 감추어져 있어 들여다볼수록 더 많은 이야기가 솟아나는 그림을 옆에 놓아주고 싶었다.

그림

나는 그림을 자세히 들여다보길 좋아한다. 그림에 최대한 가까이 붙어 서서 표면에 남아 있는 붓 터치를 관찰하면서 화가의 손끝에 있던 망설임과 머뭇거림이 물감을 매개로 결심과 결단으로 바뀌는 장면을 상상하는 걸 즐긴다. 단 하나의 색, 단 한 번의 질감. 화가의 모든 순간이 고스란히 담겨 있는 소중한 기록의 산물을 보는 일은 내밀하고 은밀하다는 점에서 독서와 비슷하다.

특히 회화 작품은 그걸 보는 사람의 상황과 기분에 따라 너무도 다른 이야기가 펼쳐진다. 화가의 시선이 대상에 가닿는 순간, 분산되어 있던 주제들이 한 폭의 그림 안에 모여 불꽃 튀는 이야기를 만들어내고, 어떤 이야기들은 화가조차 알지 못한다. 화가보다 훨씬 오래 살아남은 그림들이 그토록 무심하게, 한마디 말도 없이, 오직 침묵만으로 들려주는 이야기는 그래서 더 신비롭다. 시선의 깊이와 정서의 역동에 맞추어 춤추는 의미심장한 이야기. 이 책에 수록된 작품 역시 고유한 이야기를 품고 있다. 작가의 손과 붓과 물감과 캔버스와 모든 순간이 집약되어 만들어진 단 하나의 이야기. 빅뱅처럼 끝없이 팽창하는 이야기. 그런 의미에서 그림은 무한한 이야기를 품은 가장 두꺼운 책이다.

그림이 이야기가 아니었다면 그림 보는 일을 이렇게까지 좋아할 수는 없었을 것이다. 나는 사방에 그림이 걸려 있는 미술관에 앉아 공상에 잠기는 시간을 사랑하는데, 그러고 있노라면 가끔 예술가의 기운 같은 것이 살갗에 스치듯이 내려앉는 착각이 든다. 아무리 착각이라지만 예술가의 기운이라니, 멋지지 않은가? 이쯤에서 내가 예술가에 대해 얼마간 환상을 가지고 있다고 고백해야 할 거 같다. 나는 늘 예술가들의 삶에 매혹되어 왔다. 최근에는 〈글렌 굴드, 피아노 솔로〉라는 책을 읽으며 이런 글귀에 반듯하게 밑줄도 그었다.

"내밀한 감흥을 위해, 참으로 개인적인 무엇을 말하고 순간을 포착해 자신의 것으로 삼기 위해, 적절한 순간이었다."

하루 종일 비가 내리고 난 뒤에 잠깐 햇빛이 나면서 하늘이 오렌지색으로 물들었던 날, 연주회를 끝낸 피아니스트가 한 말이다. 무엇이 이 예민한 피아니스트로 하여금 그 순간을 '적절'하게 만들었을까. 무수한 사람에게 무심하게 스쳐갔을 그 순간에 이 예술가가 포착해 자신의 것으로 만든 것은 무엇이었을까. 아무리 곱씹어도 절대 알 수 없을, 그만의 '적절한 순간'에 대해 오래 상상해본다.

상상하는 습관이 예술가에 대한 환상을 배가하기 때문인지 내가 쓰는 소설에는 예술가(대체로 실패한 이들이다)가 자주 등장한다. 창조자로서의 기쁨과 고독함, 기적과 비참함을 겪는 이들을 나는 왜 그토록 사랑할까. 잘 알지도 못하는 이들의 기쁨과 고독, 기적과 비참을 왜 내 것처럼 끌어안고 켜켜이 쌓아 올릴까. 기껏해야 몽상으로 이루어진 가짜 세계에서 무엇을 얻으려고 매일 밤 두통에 시달리며 문장을 쓰고 지우면서 고통스러운 행복을 자처하는 걸까.

그건 아마도 소설 속에는 삶이 있다는 강력한 믿음 때문일 것이다. 나의 삶뿐만 아니라 모든 이의 삶. 예술가의 삶뿐만 아니라 우리의 삶. 살아 있는 사람의 삶뿐만 아니라 죽은 이의 삶. 가느다란 바늘이 되어 타인의 삶에 찌르듯이 파고들었다가 쑥 빠져나오는 독서의 경험은 우리 삶에 오래도록 영향을 미친다. 그 영향력은 바로 행사될 때도 있지만 뒤늦게 갑작스러운 깨달음과 함께 올 때가 더 많다. 소설에는 언제나 건져 올릴 유물이 있고, 무엇을 발견하게 될지는 아무도 모른다. 그런 의미에서 나에게 소설은 아무리 피어도 펼쳐지지 않는 꽃과 같고, 그림은 한 편의 소설과 같다. 아무리 피어도 펼쳐지지 않는 꽃. 끝내 알 수 없는 영역이 존재하는 곳. 내가 소설을 사랑하는 이유이고, 그림을 소설처럼 보는 까닭이다.

소설

사람마다 다르겠지만, 나에게 소설 쓰는 것보다 어려운 일은 내가 쓴 소설이 어떤 종류의 소설인지, 왜 이런 소설을 썼는지 설명해 달라는 요청이다. 소설을 읽는 사람(이런 요청을 하는 분들이 소설을 정성 들여 읽는 독자임을 안다) 입장에서는 별것 아닌 가벼운 부탁은 무거운 숙제가 되어 나를 짓누르곤 했다. 이번에 내 소설을 처음 읽은 편집자도 이와 비슷한 종류의 질문을 했다. 이 소설은 어떻게 쓰시게 된 건가요? 뭐라고 대답해야 할지 난감했다. 참으로 익숙한 난감함이었다. 저도 잘 모르겠는데요. 할 말이 없어요, 라고는 차마 할 수 없어 구구절절한 설명을 몇 자 적었다. 소설에 대한 이야기라기보다는 소설이 탄생한 배경, 소설의 뒷이야기, 더 잘 쓰고 싶었는데 그러지 못한 변명과 미련에 대한 넋두리 같은 것이었다. 쓰면서도 이런 걸 쓰는 게 맞나 싶었는데 의외로 편집자는 그 이야기를 재미있어했다. 여전히 소설에 대해 말하는 건 어렵지만, '작가 에세이'라는 멋진 지면이 생겼으니 간단하게나마 적어본다.

'아무도 모르는 일'은 죽은 아기를 택배로 친정엄마에게 보낸 여자에 대한 기사에서 시작되었다. 벌써 10년이 다 되어가지만 아직도 이 사건을 생각하면 마음이 먹먹하다. 아기와 엄마가 연루된 뉴스나 기사를 보면 슬픈 마음이 쉬이 사라지지 않는데, 이 사건은 유독 오래 남아 있었다. 거침없이 쏟아지는 사람들의 비난 댓글 때문이었을까. 한동안 얼굴도 모르는 여자의 삶에 대해 생각을 하고 또 했다. 여자의 이마와 눈, 눈과 코, 손과 발… 그런 것들에 대해서. 그러다가 문득 이 여자는 나와 다르지 않다,는 생각이 들었다. 물론 다르겠지만 어떤 부분에서는 전혀 다르지 않았고, 그래서 여자는 꽤 오랫동안 내 곁에 머물러 있었다. 그렇다고 그에 대해 뭔가를 쓰는 일이 쉬웠다는 것은 결코 아니다. 이 소설이 나를 경유한 시간은 다른 소설보다 훨씬 길다. 소설을 발표하는 지금도 망설여지는 부분이 없지 않지만, 내게 한 알의 씨앗처럼 떨어졌던 먹먹함이 어떻게든 형태를 지니고서 세상 밖으로 나오게 되었다는 데 의미를 두고 싶다.

'늑대를 그리다'는 세 편 중 가장 오래된 소설이다. 처음으로 신춘문예 최종심에 올라 나에게 놀라움과 기쁨을 최초로 선사한 소설이자 한 문예지에서 일곱 명의 심사위원으로부터 자세한 심사평을 받은 운이 좋은 글이기도 하다. (보통 신춘문예 심사평은 한두 줄이고 그마저도 굉장히 추상적인데, 문예지의 경우는 합평을 듣는 기분이 들 정도로 세심할 때가 있다.) 이 오래된 소설에는 내가 청주라는 도시로 처음 왔을 때 느낀 낯선 감정과 불안함, 나조차도 모르는 곳을 향한 짙은 향수가 배어 있다. "진정한 자신을 찾는 것과 속물적이고 평균적인 삶으로 투항하는 것과 같은 이분법", "이러한 이분법을 부부 관계에 도입해서 한 커플을 파탄 내는 것"(〈문학동네〉 84호 심사평)이 당시에 내가 지니고 있던 주제 의식이었을까. 그랬을지도 모르겠다. 시간이 많이 흘렀음에도 이 소설은 다른 소설에 비해 수정을 많이 하지 않았다. 그만큼 문장이나 구성이 미숙할 텐데, 초고 형태를 남겨놓을 수밖에 없는 나름의 이유가 있었다. 나에게는 꽤 인상적인 경험이었는데, 어떻게 고쳐도 고집스럽게 남아 있는 유정의 변함없는 성격이 소설의 틀을 꽉 잡고 있어 고치기가 쉽지 않았던 것이다. 유정을 통해 작가가 끝내 바꿀 수 없는 소설적 영역이 있음을 다시금 깨닫는다.

'귀주의 작은 역사'는 단편소설인 동시에 긴 소설의 초석이기도 해서 인물들의 삶이 파편처럼 흩어져 있는 것처럼 읽힌다. (나는 이런 파편적인 이야기를 좋아하는데, 그 이유 중 하나가 마음껏 오해하고 과감하게 해석할 수 있기 때문이다.) 이 글을 읽은 사람들로부터 "두 개의 이야기가 하나로 합쳐지지 않는다"라는 감상을 많이 들었다. 맞는 말이다. 다 읽은 뒤에도 의문의 지점이 많은, 궁금증이 생기는, 독자들이 자신만의 오해를 품을만한 소설이다. 소설의 시작점에는 당연히 귀주가 있다. 숲속의 조용한 집에서 조각보를 바느질하며 살아가는 나이든 귀주. 귀주의 집에 우연히 젊은 여자(나)가 찾아오면서 귀주의 이야기가 풀려나기 시작한다. 이 소설은 과거와 현재와 미래를 잇는 귀주의 작은 역사가 막 시작되는 지점이라고 할 수 있겠다.

── 사이

소설과 회화 작품이 함께 하는 책을 기획할 때, 책이 어떤 색깔을 갖게 될지 전혀 알지 못했다. (아직 책으로 나오기 전이니, 여전히 모르는 영역이긴 하다.) 한 가지 확신한 것은 문학과 회화가 한 권의 책에 담기면 새로운 다리가 놓일 거라는 점이었다. 책과 독자 사이에 만들어지는 새 길. 나는 그 다리가 독자만의 내밀한 영역과 만나 매우 고유한, 그야말로 인디비주얼(individual)한 길이 되길 바란다. 절대로 똑같은 파장으로 전달될 수 없는, 오롯하게 한 사람의 시간과 공간과 분위기를 품은 길. 그런 길을 하나쯤 가지고 있는 사람은 그렇지 않은 사람과 다를 것이라고 믿는다. 오렌지색으로 물든 하늘을 보고 무언가를 포착해 자신의 것으로 삼으려면 이런 길을 자꾸 들여다봐야 하지 않을까.

올해 상반기에 소규모 글쓰기 모임을 맡아서 지도 한 적이 있다. 10대에서 50대를 아우르는 멤버들은 순수하게 글이 좋아 모인 이들이었다. 그들이 지닌 담백하고 순수한 열정이 내게도 고스란히 전해졌다. 마지막 수업에 나는 그들에게 "자신의 삶을 결정하고 정체성을 추구한다는 의미에서 삶을 변화시키는 데에 독서보다 좀 더 큰 역할을 하는 것은 이야기를 직접 쓰는 것"이라는 페터 비에리(Peter Bieri)의 말을 공유했다. 이 글귀는 나에게 하는 말이기도 했다. 글쓰기에 앞서 언제나 두려움에 압도되는 나에게, 이야기를 쓰는 일은 그 자체로 의미가 있다는 말은 한 줌의 용기를 쥐여주었고, 그 한 줌의 용기가 모여 이렇게 책이 되었다.

〈가장 행복한 곳으로〉는 여러모로 특별한 책이다. 많은 사람의 작은 순간이 모여 하나의 결실이 맺어진 책이기에 더욱 그렇다. 책을 만들 때 함께해 준 모든 사람, 특히 작품을 수록하도록 허락해 준 작가들과 그림이 잘 실릴 수 있도록 깊이 고민해 준 편집자에게 고마움을 전하고 싶다. 마지막으로 이 책을 읽고 있는 독자들이 지금 가장 행복한 곳에 있기를, 염원해 본다.

Painting

규 옥

instagram.com/gyuokstudio

Untitled, 2022, acrylic on canvas, 50.8x50.8cm

Untitled, 2022, oil on canvas, 60.9x60.9cm

Untitled, 2022, oil on canvas, 40x40cm

Daydreaming, 2022, oil on canvas, 30x30cm

가장 행복한 곳으로

1판 1쇄 발행 2022년 12월 28일
1판 2쇄 발행 2023년 6월 14일

지은이   정빛그림
편집   유지연
디자인   woodysoap

펴낸곳   우디앤마마
출판등록 제2021-000086호
주소   서울 서대문구 독립문로 14길 52, A동 101호
전자우편 woodyandmama@naver.com
전화번호 02-313-2032

ISBN 979-11-976211-1-6   02810

이 책의 판권은 지은이와 우디앤마마에 있습니다.
이 책 내용의 전부 또는 일부를 재사용하려면 반드시 동의를 받아야 합니다.
잘못 만들어진 책은 출판사 이메일로 연락 부탁드립니다.

이 책은 충청북도, 충북문화재단의 후원으로 우수창작지원사업의 일환으로 지원받아 발간되었습니다.